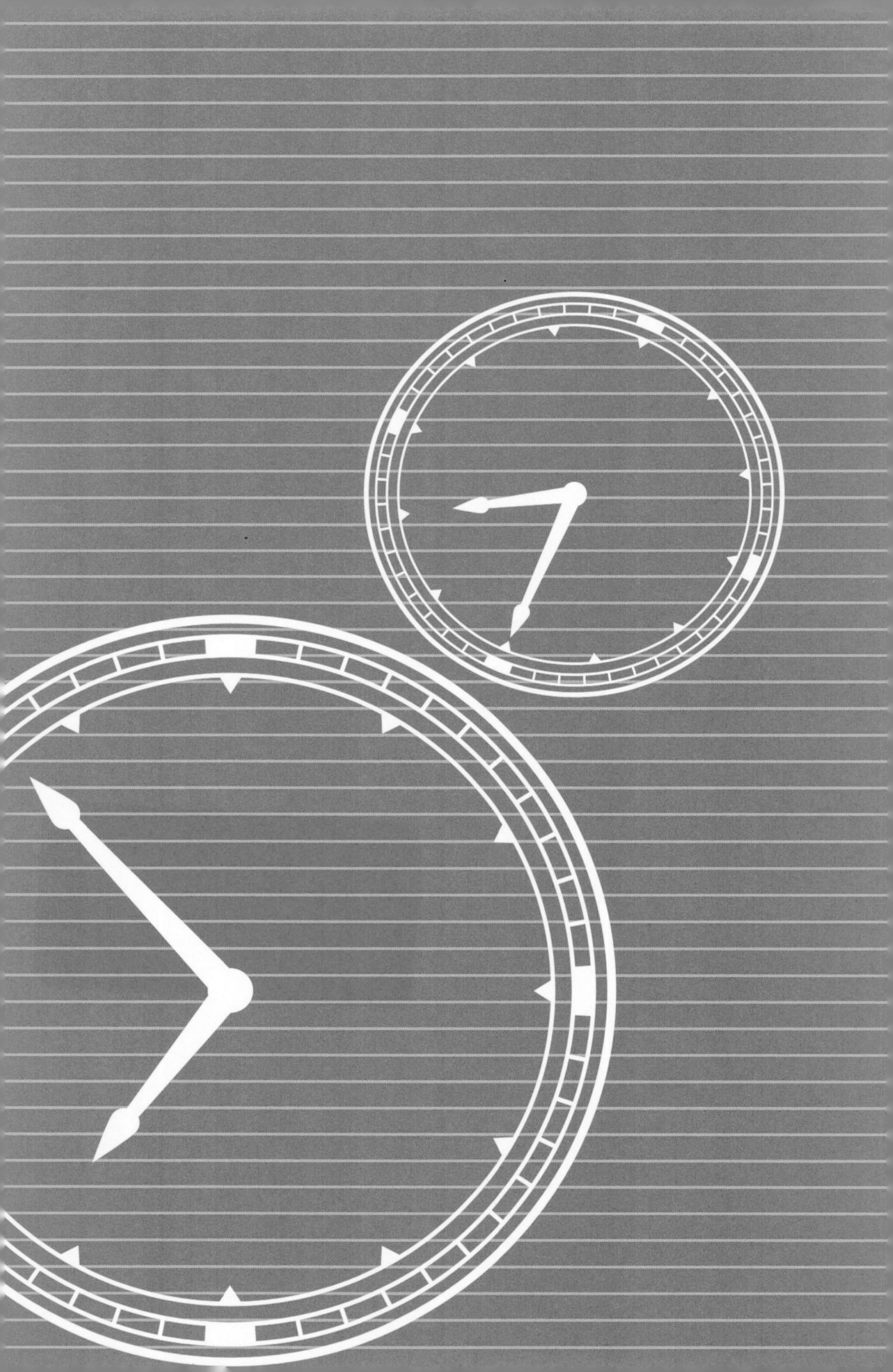

contents

追放されたSランクパーティのサモナー。
転職してテイマーになるはずが
女神の誤字のせいでタイマーにされ、
仲間からゴミ扱い。
でも実は最強の「時使い」でした 2
LA軍《lagun》
illust. ぴず《pyz》

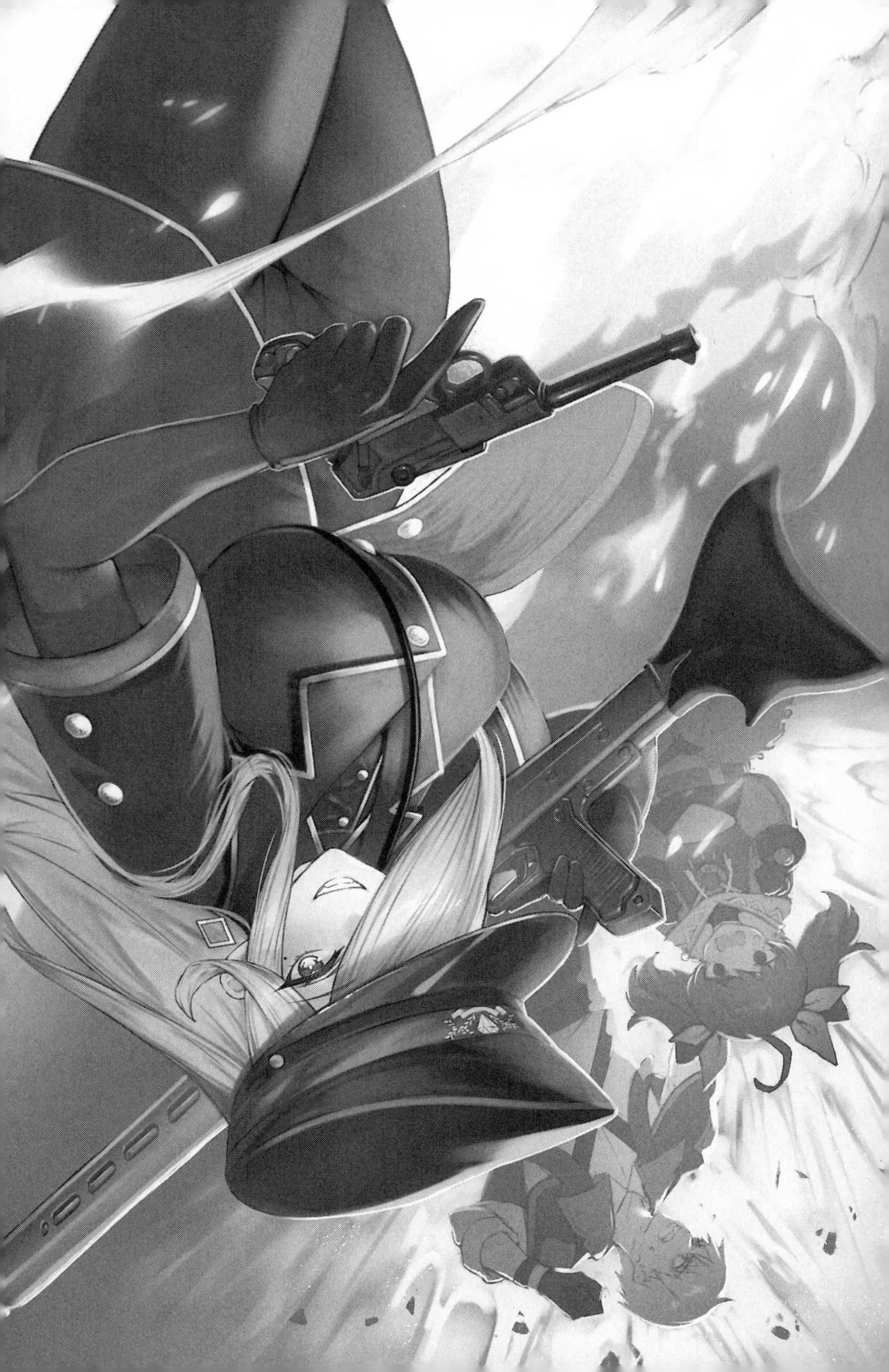

第1話「【タイマー】は、『時の神殿』に到着する」

「はぁ……まったく酷い目にあったよ」

ルビンはゲンナリした様子で馬車に揺られていた。

馬車の中には数組の冒険者のパーティがいたが、皆ルビンから距離を置き、ヒソヒソと話をしている。

先日の件も含めて、色々と有名になってしまった。

だが、断じてロ〇コンの誹《そし》りだけは避けねばならぬ。

「どうしたの、お兄さん?」

ルビンの胡坐《あぐら》の上にチョコンと座ったレイナが不思議そうに見上げてくる。

ルビンは柄にもなく照れてしまい目を逸《そ》らした。

「なんでもないよ。それより、装備は慣れた?」

未だヒソヒソとルビンに向かってなにやら呟いている連中をサックリと無視すると、ルビンはレイナの装備に注目する。

「ん? うーん。ほとんど使ったことがないから自信ないけど……」

馬車の揺れに合わせて、ツインテールにまとめた彼女の茶髪交じりの赤髪がぴょこぴょこ揺れている。

彼女が装備しているのは、ギルドから支給された盗賊系《シーフ》が扱う軽装備だ。

さすがにルビンの服を着させたままでは危ないと言わんばかりにセリーナ嬢が準備してくれ

たもので、品質は悪くない。

なんでも、特殊依頼《スペシャルクエスト》の受注分で経費扱いなんだとか。

実際のところわからないが、セリーナ嬢が随分と気を遣ってくれていることは理解できた。

そんな彼女が、レイナの装備を手配しながらルビンにこっそり教えてくれたことがある。

エルフの非正規戦部隊のことも含めて、その件こそ彼女が一番言いたかったことらしい。

※　馬車への乗車前……　※

「ルビンさん……。大きな声では言えませんが、その——エリックさんたちが退院しました」

それを聞いた時のルビンは、思ったほど動揺はしなかった。

「——……興味ないです」

もちろん、嘘だ。

彼らの動向は気になるし、メイベルに問い質《ただ》したいこともある。

だが、それよりもまずはクエストが先だ。

もう、ルビンはソロパーティではない。自分一人だけの生活というわけにもいかない。

既に小さな相棒を得て、ギルドの信頼をそれなりに勝ち得たうえで依頼を受けているのだ。

それをないがしろにはできない。

なにより、仕事をしなければ生活にも困るし。

それに彼等『鉄の拳《アイアンフィスト》』とは袂を分かつことになった。

……今さら、ルビンが気にしても仕方のないことなのだ。

とはいえ…………。

エリックたちが、あれで引き下がるだろうか――――？

※　※

「……さん？　お兄さん？」

「あ……。何？」

レイナに頬をペチペチ叩かれてようやく気が付くルビン。

どうやら随分長く考え込んでいたようだ。

まるで、時間魔法でも使用されたかのように。

……使ってないよねレイナちゃん？

「ん？　どうしたの、さっきから――……」

ピョンとルビンの膝の上から立ち上がると、レイナがまじまじとルビンの瞳を見つめる。

この子ソーシャルディスタンスってもんがね……。

あ、服の隙間から――ゲフン、ゲフン。

ルビンの不埒《ふらち》な視線に気づいたのか、レイナがジト目で睨む。

「むぅ……。もしかしてずっと変なこと考えてた？」

「考えてない!!」

少なくとも、変なことは一切合切、ちっともなんとも!!

「そ、そう?」

「そうだよ!! で、なに? 何か用?」

ルビンはレイナに要件を訪ねると、

「え? いや……到着したって、オジさん言ってるよ?」

ん? あ——。

気付けば馬車の中はガランとしていた。

既に乗り合いの冒険者たちは別の狩り場かダンジョンに散っていったらしく、最後に残っていたのはルビンたちだけだった。

「悪い、案内ありがとう」

「いいってことよ。迎えは半日後。日没には引き返すから、乗り遅れたら悪いが、野営するか歩いて帰ってくれな?」

そう言って、馬車を繰る案内人は後ろ手に手を振って去っていった。

呆気ないものだ。

そうして、周囲を見渡すルビン。

そこは鬱蒼《うっそう》とした森が広がる山麓だった。

『時の神殿』の石造りの外観が森の樹冠の隙間からチラチラと見えている。

どうやら、ここで間違いないらしい。

「僕たちだけ?」

不安そうなレイナ。

先ほどまでは冒険者のパーティがおり、皆和気あいあいとしていた。

それに比べるとこの閑散とした雰囲気はレイナに不安をもたらすのだろう。

森も、ダンジョンもどこか鬱々としていて、あまり気味が良い場所とは言えない。

さすがは不人気ダンジョン……。

「そうだよ。ここは一部を除いて探索が終わっているからね……。今さら冒険に来るパーティもほとんどいないらしい」

そんなところで命を落としたり大怪我でもしたら、と。

ルビンも少し身震いする。

一応、さっきの案内人が安否確認も兼ねているので、一日経っても音沙汰がなければ、捜索隊を出してくれることになっている。

もちろん、お世話になりたくないけどね。

「う、うん……大丈夫かな。僕、ダンジョンの経験なんて……」

「——大丈夫。レイナのことは俺が守るって言っただろ？　信じてくれよ」

ニコリと微笑むルビンに、レイナも少しだけ微笑み返した。

メイベルのそれとは違い、レイナの笑顔は裏表のない純粋なもの。

「わ、わかったよ。僕やってみるね！」

レイナはそう断言した。

彼女は不安そうにしているが、ルビンはダンジョンについてはあまり心配していない。

なにせ、これでも元Sランクパーティの参謀格だ。

昨日の間に下調べを終わらせて、危険箇所などダンジョンの傾向は頭に叩き込んでいる。

今のルビンに不安があるとすれば、予期せぬ不測事態と、ダンジョンの最奥にあるという未踏破地区の捜索。

それ以外にもエルフの非正規戦部隊や、エリックたちのことなど――。

（クソ……。セリーナさんも、何もダンジョン探索前に言わなくたって――）

平気そうに振る舞っていても、やはりルビンにとってエリックたち『鉄の拳』のことは、心に重くのしかかる案件なのだ――……。

「行くよ。離れないでね」

「うん！」

そうして、ルビンたちは『時の神殿』へと向かう。

一抹の不安を抱えながら――。

第2話「『鉄の拳』は、ニヤリと嗤う」

「あの野郎ぶっ殺してやるッッ!!」

治療院を出て、開口一番エリックは空に向かって叫んでいた。

通行人が何事かと思い振り返るも、エリックとその隣に立つ大男の視線に慄《おのの》いてそそくさと逃げるように散っていった。

「おうよ！　ぶっ殺してやろうぜ!!」

頑強さを見せつけるように、いつもの全身を覆う鎧とルビンから強引に奪った竜の小盾《ドラゴンバックラー》を身に着けた男——アルガスは、エリックに合わせて叫んだ。

「ちょっとー。往来で大声を出さないでよ！」

二人を咎《とが》めるのは、パーティ一のお色気要員……もとい、聖女メイベルだった。

いつもの神官服を纏《まと》い、神々しいオーラを振りまきながら通行人には慈愛に満ちた笑みを向ける。

「うるせぇ！　くっそー……！　まさか、ルビンごときにしてやられるとはッ」

「同感だ！　あの野郎……卑怯な手を使いやがって——！」

フンガフンガと二人とも鼻息荒く地団太を踏む。

「「絶対ぶっ殺してやる!!」」

つい最近まで生死の境をさまよっていた男と、つい最近まで二度と目覚めないかもしれないと医者に言われるほど精神に深い傷を負った男とは思えない元気っぷりだった。

「――アンタたちねぇ、誰のおかげで助かったと思ってるのかしら!?」

「ち……。わかったよ、場所を移せばいいんだろ？　場所をよー！」

そう言って、ギルドの方に向かうエリックたちに、メイベルといつもより大人しいサティラは顔を見合わせつつ、

「あー……当分、ギルドはやめといたほうがいいわよ」

「今のギルドは、私たちにはちょっと……」

気まずそうに目を逸らす二人の女子。

「あ？　何の話だ？」

「さーっぱり？」

エリックとアルガスは知らない。

すでにギルドマスターは失脚し、後ろ暗い行為の後始末と、関係者の事情聴取をギルド憲兵隊が行っているということを。

その辺を掻い摘《つま》んでメイベルたちが説明すると――。

かくかくしかじか
「……なんだとぉぉぉおおお!!　俺たちのSランクが再認定の危機だと!?」

「ば、馬鹿な!?　ルビンがギルドマスターをぶっとばしただぁ!?」

二人の様子を見たメイベルは詳しく説明する手間が省けたと内心喜んだ。

「どーする？　他の街ならまだSランクってことでゴリ押しできると思うけど、ここだとそのうち再認定されなきゃギルドに入れないわよ？」

「きっと、Aランクくらいに落ちちゃうよ……」

面倒くさそうなメイベルと、ションボリしたサティラ。

二人とも筆記試験を突破できないので、ルビンに頼りきりだった。

エリックとアルガス？…………筆記試験どころか、名前を書くのも怪しい。――と、いうのはできれば冗談だと思いたい。

「んっだよ、クソッ！　ギルドの奴ら、散々貢献して、金もばら撒いたってのによッ！」

「そうだ。全部ルビンが悪い――おい、アイツは今どこにいる!?　調べたんだろうな!?」

仕返ししてやると息巻くエリックたち。

「ねー。もうやめよーよー」

二人の剣幕にゲンナリしたサティラがそう提案するも、エリックたちに睨まれて押し黙る。

「おい、メイベルっ。ボケーと暇こいてたわけじゃないだろうな？」

アルガスはえらそうに、メイベルの胸倉を摑むと顔を近づけて威圧する。

この男、誰にでもそうらしい……。

二人の剣幕にうんざりした様子のメイベルだが、ちゃんと準備はしているらしい。

この女、これでも結構方々に顔が利くのだ。

「放しなさいよッ！　ったく」

パンパンと、アルガスから振り払った服の裾を叩《はた》くと、

「――ルビンはダンジョンに向かったわ。なんでも、特殊依頼《スペシャルクエスト》ですって」

「「なっ!?」」

驚いた様子の二人をクスリと笑いつつ、一転して「ケッ」と、聖女にあるまじき態度のメイベル。

もっとも、誰かがすれ違ったら一瞬で表情を変えて慈愛の眼差しで魅了する。

……うーむ、できる。

「ば、バカな！　あのクズで雑魚のルビンが特殊依頼だと!?」

「何かの間違いだろう?……あ、きっと俺たちだろっ？　なぁ!?　高額報酬でかつ、ギルドから特別に信頼されているパーティに付与される依頼なんだぜ!?　ルビンなわけねぇ!!」

そう言って絶対にあり得ないと意気込む二人。

いっそ、これからギルドに行こうと――。

「無駄よー。間違いなくルビンあてなの。それどころか、パーティメンバーを募っていてね～。ふふふ、」

ニコリとサティラを見て笑うメイベル。

その眼差しにサティラはギクリとする。

「この子ったら、あなたたちに内緒でルビンと組もうとしたのよー」

「え!?　め、メイベル!?　ちょ……！」

アンタも一緒にいたじゃん！　とそう言おうとしたサティラだったが、

「ひぃ！」

エリックとアルガスの冷たい視線を浴びて思わず腰を抜かす。

「…………おい、チビ。どういうつもりだ？　まさか――」

「んっだ、こいつ……。もしかして、俺たちを裏切るつもりかぁ？」

ジトーっとした目で睨まれたサティラはルビンが受けていた仕打ちを思い出し、その標的が自分になるのではないかと想像して顔面蒼白になり、ブルブル震え出す。

「ち。ちちちち、違うよ！　急にギルドから呼び出しがあって――」

「あーら？『お知らせ』には、パーティメンバーへの加入要請って書いてあったはずだけどー？」

ちょ!!

「なんでそんなこと言うのッ！　メイベルだって――」

「あーら。アタシはルビンなんかと一緒に組む気はないわよー？　先日だって、お灸を据えるために人を寄越してやったもの、ね」

そう言ってニヨニヨと笑うメイベル。

どうやら、サティラを追い詰めて自分への矛先をかわしているらしい。

たしかに二人でギルドに行き、セリーナの口車に乗って、ルビンと臨時のパーティを組むのも悪くはないかと考えていたのも事実なのだ。

もっとも、ルビンにあっさり断られてしまったわけだが……。

それでもタダでは転ばない女メイベル。

その出来事をこうしてうまく活用するくらいには悪知恵が働くようだ。

「ち……。まぁいい。この落とし前は別の機会だな。覚えておけよ、サティラ」

「けっ。骨の一本くらい折られても文句は言えねーぞ、クソガキ」

エリック、アルガスの二人から凄まれて震え上がるサティラ。

最年少の天才賢者は涙ぐみ、二人に許しを乞う。

「ごめんなさい、ごめんなさい。許してください、ゆるしてください……！」

その様子をせせら笑うメイベルと、冷たいまなざしで見下ろすエリックたちが実に対比となっていた。

「ふん。まぁ、今はそれよりルビンだ」

「あぁ、そうだ！　アイツだ!!　絶対許さんっ！」

そう言ってゲロをぶっかけられた恨みを返してやるとアルガスは復讐に燃える。

……ぶっかけたのはエリックであったとしても――だ。

「許さんとか、そういうのはわかるけどねー。どーすんのよ？　ルビン、凄く強くなってるわよ？」

メイベルはどうやってエリックたちが圧倒されたのか、そしてそのあとに起こった出来事もできるだけ詳しく話す。

そして、最後に言った。

「今のアンタたちじゃ、逆立ちしても敵《かな》わないわよ」

「んぐ!!　バカな……あり得ん！　どうせ何か卑怯な手を使ったんだ！」

「そうだ、そんなのあり得ない――……！　あの時はたまたまだ！　たまたま!!」

たまたまねぇ……。

メイベルはため息をつきつつ、

「じゃあ言うけど。——たまたま二人同時で倒され、強化薬まで使ったギルドマスターもたまたま倒され、私が雇ったゴロツキもたまたま全滅したのね？　へー。これが、たまたまねぇ？」

くふふふ、と声を殺して笑うメイベルに、エリックたちが顔を歪めて歯ぎしりする。

本当は分かっていた。

何の掛け値なしに、ルビンは強いということを——。

「クソぉぉ……あの野郎クズのくせに、どうやって!!」

「絶対、何か秘密があるはずだ！」

そうやって、敗北を認められない二人にメイベルは言う。

「秘密かどうかは知らないけど、一つ心当たりがあるわ」

「「何ッッ!?」」

途端に食いつく二人。

それを見てニヤリと笑うメイベルは——。

「エリックたちは知ってるかしらぁ？　禁魔術《タブーマジック》ってやつを」

「え!?」

サティラが思わず声を上げると、男たちに睨まれてシュンとして帽子で顔を隠してしまう。

「禁魔術っていったら、あれだろ？　エルフがやたらと神経を尖らせてるってやつ」

「おう、何でも勝手に使った連中はエルフに攫《さら》われて二度と戻ってこないっていうじゃないか——あ……」

まさか……。

「そのまさかよ。……ちょうどね、エルフの非正規戦部隊が動き出してるって噂が流れてるわ。これって偶然かしらぁ？」

「おいおいおい。ルビンの奴、そんな卑怯な手を使ってやがったのか！」

「なるほどねぇ。エルフがルビンを……ぐっふっふ！」

ニタァと笑うエリックたち。

そして、

「禁魔術か……。ネタが割れればどうってことはないな。ルビンの野郎いい気になってるだろうな――無敵の禁魔術に弱点はないってか？　くくく。ないなら作るまでだよ」

「作る？　弱点を、か……？」

何かを思いついたエリック。

いやらしい笑いを隠そうともせず全員に告げた。

「ルビンにできて俺にできないってことはないだろ？　それに、いいことを思いついたぜ」

「いいことだぁ？　おいおい、教えろよ。どういうことだ？」

「あら。エリックは何か妙案でも??」

悪だくみをする『鉄の拳』の面々。

そして、そんな3人の悪意を間近に感じてサティラは戦慄する。

(どうしよう……。どうしよう……。こんなはずじゃ――)

「くっくっく。それは着いてのお楽しみよ――……行くぞ！」

「行く？」

「行くってどこへ？」

——決まってんだろ……？

エリックは3人の方へ振り向くと、実に晴れやかな笑顔で言った。

「————もちろん、転職神殿だ」

第3話「【タイマー】は、『時の神殿』を探索する」

「うわー……ボロボロだね」

「こりゃ凄いな……随分古い建物だとは聞いていたけど、ここまでとは」

ルビンたちの前には植物に侵食され、あちこち罅《ひび》だらけになった神殿があった。

入り口の上にはちょっとした木が生えているので、10年、20年といった年月ではきかないほど大昔の建物なのだろう。

内部からはひんやりとした空気が流れてきており、微かに生き物の気配がする。

ダンジョンに潜む魔物の気配かもしれない。

近隣のダンジョンと比べて言えば随分とその気配は希薄ではあったけど……。

「よし、行くよ。全周警戒。特に背後に注意して。前は俺が――」

「うん！　任せて」

ニコッと微笑むレイナの頭をひと撫でするとルビンはミスリルの短剣《ナイフ》を引き抜いて逆手に構えた。

そのまま油断ない視線を送りつつ内部へ……。

入ってすぐに薄闇に視界が閉ざされるが、思った通り内部はダンジョンに自生する光ゴケの明かりに包まれていた。

「うん。入り口は大丈夫そうだ。レイナ、離れないでね」

「了解ッ」

レイナも支給された小盾を構えて慎重にルビンに追従する。ナイフも支給されているのだが、慣れない武器を振り回してルビンに当たると困るので緊急時以外は仕舞うよう言っておいた。

さて、

「まずは地図の通りに進もう。この辺は既に探索が済んでいるから、一直線に最奥へ向かうね」

「うん！」

……既に探索の済んだダンジョンというものは旨味が少ない。

再ドロップする宝もあるが、レアアイテムなどの初期配置のアイテムは既に回収されている。

そのため、ルビンも無駄な探索はせずに、一直線に最奥へ向かうことにした。

今回の依頼は最奥の調査なのだ。宝箱の回収や、モンスター討伐ではないだけに進みは速い。

暗記した地図を頼りにルビンはすいすいとダンジョンを進んでいく。

今のところ、モンスターもトラップの気配もない。

……その分、お宝もないんだけどね。

「なんだろう？　聞いていたよりもずっと順調だな」

「そうだね？　トラップだらけだって聞いてたのに――あ」

言ってる傍から早速トラップ発見。

連動型のトラップだ。

片方のボタンを誰かが押している間に奥に進み、向こう側でまた誰からボタンを押して先に進むというタイプのトラップ。

ちなみにボタンを離すと、落とし穴が作動したり、槍が飛び出してきたりと発動するトラップの種類は様々だ。

「レイナ見て。こっちのボタンを押している間だけ、床のトラップが静止するみたいだね。……まずは俺が行くから。レイナはこれを」

そう言って試しに赤いトラップのボタンを押してみる。

すると、ガチャン!! と激しい音がして床から無数の槍が飛び出した。

「ひぇー。あのまま行けば串刺しか、エグイね……。で、このまま押しっぱなしにすると……」

ガラガラガラ……。ガコーーン。

機械が駆動音を立てて、槍が格納されていく。

どうやら、このまま行けばいいらしい。

「な、なるほど……これを押していればいいの?」

「うん。頼むよ、俺が向こうに渡り切るまで絶対離しちゃダメだよ、絶対だよ!?」

「う、うん！　わかった！」

レイナはコクコクと頷く。

彼女の小さな手にトラップ用の大きなボタンは随分と余るが、それでもレイナは懸命に押さえ込んでいる。

「──絶対だよ、絶対!!」

「わかったって────あ！」

ルビンがちょうどトラップの上を渡ろうとした時――――ジャキン!!

「ひぃ!!」

「ご、ゴメン!!」

レイナが平謝りに謝る。

どうやら、ボタンの表面が丸かったため、手が滑ってしまったようだ。

ルビンがあまりにも必死に言うものだから逆に力が入り過ぎてしまったのだろう。

「こ、ここここ、殺す気か!?」

「ごめーーーーん!」

「ごめーーーん!」じゃねぇっつの!

こりゃ、先が思いやられる……。

第4話「【タイマー】は、最奥を目指す」

レイナによる暗殺未遂——もとい、ちょっとしたミスのおかげで死にかけたルビン。

「死ぬかと思ったわ!!」

「えへへ。失敗、失敗」と可愛らしく笑うレイナの頭を軽く小突いておいて、今度はしっかりするように言い置くルビン。

「わ、わかった！　ごめんね。お兄さん」

素直に謝るレイナを見て毒気を抜かれたルビンはあっさり許してしまう。

ま。まぁ…………わざとじゃないよね？

可愛いから許すよ。

しかし、その後は順調にトラップを乗り越えていくルビンたち。

レイナもすぐに順応したのか思ったよりも手堅く行動してくれる。

「あ、お兄さん！　トラップだよ！」

「うお！　あっぶねー……。ありがとうレイナ」

「えへへ」

何度目かにはレイナに助けられることもしばしば。

むしろ、レイナの順応率が高く、ルビンですら舌を巻くほどだ。

最初は戸惑っていたものの、レイナも段々慣れてくると、ミスはついになくなった。

「やっぱり、レイナでよかったよ」

「え？」

レイナはルビンの言葉の意味が分からず首を傾げる。

まぁ、ルビンがレイナとパーティを組むことになった経緯はまだ話してないので、彼女には意味が分からないだろう。

「いや、こっちの話さ」

「ん～？」

よくわからないという風に首を傾げているレイナの頭を軽く撫でてやる。

それを気持ちよさそうに受け入れるレイナ。

それにしても、連動型のトラップが多い。

しかも、パーティメンバーに命を預けるタイプのやつだ。

(こりゃ、セリーナ嬢の言う通りにメイベルたちとここに訪れていればどうなっていたことやら……)

少なくとも、微塵も信頼できないメイベルたちに命を預けるなんて考えられない。

下手をすりゃ、彼女たちに連動式トラップで殺されている未来もあったかもしれない。

(やっぱり仲間は選ばないとな……)

過去エリックたちとパーティを組んでいた自分の視野の狭さに目眩《めまい》を覚えそうだ。

その点、レイナは凄い。

スラムから足抜けさせたことを恩に感じているのか、出会った頃のツンケンした態度が消えて、今ではルビンにベッタリだし。

それに加えて、覚えも早い。

「そこ、トラップがあるから絶対に踏まないでね」

「う、うん!! 感圧型だね」

この通り、ルビンの指摘にもレイナはすぐに反応してみせる。

しかも、一度教えただけのトラップなのに、すぐにその種類も見抜いてしまった。

やはりパーティを組むのは、レイナ以外に考えられない。

彼女が同じ【タイマー】であること以上に、素直で健気なレイナは信頼できる。

まだ、知り合ったばかりでも、ルビンにはそれが理解できた。

「よくわかったね?」

「えへへ。こういう仕事もさせられてたから……」

レイナ曰く、アシッドドッグなどのスラムの連中は、時々近場のダンジョンに挑むことがあったそうだ。

当時にレイナたちはダンジョンのことを何も知らずに連れていかれ——……あろうことか、その上を歩かされたのだという。

つまりは人を使ったトラップの強制解除。

……家畜より酷い扱いだ。

そして、その過程で何人ものスラムの住民が亡くなったらしい。

レイナが生き残ったのも、ひとえに【タイマー】の能力《チカラ》があったからだ。

だが、その甲斐あってか、トラップの類には感覚的に鋭くなったのだ。

「酷い話だね……。っと！　あっぶねー……。こりゃ罠線《ブービートラップ》だ。絶対に触れないでね？」

「う、うん……。これじゃ、ほとんどモンスターも棲みつけないね」

その通りだ。

しかし、なんだろうなこのトラップの多さ……。

内部に入ってさほど時間は経ってはいないものの、まぁ、あるわあるわ。

トラップのオンパレードだ。

その代わりにモンスターの類はほとんどおらず、せいぜいオオコウモリに、大ネズミ。それに昆虫系がいるくらいだった。

それも数は少なく、時には彼らがトラップを踏み抜いて絶命する場面もあった。

今も、ルビンがナイフで大ネズミを一匹斬り倒したところであった。

「そっちは大丈夫？」

「う、うん！　大丈夫だよ！」

レイナも慣れないながらもナイフで戦い、オオコウモリを仕留めていた。

「やるじゃないか――――って、なにやってんの？」

「ん？　えへへ、お肉だよ♪」

そう言って嬉しそうにオオコウモリの解体を始めるレイナ――って、やめんか!!

「ばっちいから触んないの!!」

「えー!?　おいしいよ!?」

食ったんかい!!

あーもう、そういえばこの子スラム歴が長いんだったな……。

そりゃ食ったことくらいあるか。

だが、

ダンジョンに生息する生物だ。さすがに衛生的に良いとは言い難いので、ルビンはオオコウモリの解体をやめさせる。

「ほら、のんびりしてる時間ももったいないでしょう？　まだまだトラップだって残ってるんだし」

「はーい……」

ションボリしたレイナが、名残惜しそうにツンツンとオオコウモリの死体をつついているが速やかにやめさせる。

ばっちい……。

「あとで、ご飯を奮発するから」

「ほんとー！　わかったぁあ！」

ニィと、歯を見せて笑うレイナ。

こういうところは年相応だと思う。

「はいはい。じゃあ、気を抜かないで先を急ごう。まだまだ、トラップはあるからね！」

「はーい！」

いたって普通の神殿タイプのダンジョンに見えるのだが、それを忘れさせるくらいにトラップだらけ。

いっそ、トラップの博物館か！　と言いたくなるほどだ。

それにしても、荒廃した神殿はあちこちが罅割れ外気にさらされているというのに、一体何を護るというのか……？

首を傾げるルビンだったが、その答えはきっと最奥にあるのだろう。

（ここまでして守りたいものは何なんだ？）

『時の神殿』が守ろうとしているもの……その正体とはいかに？

「……ふむ。次の通路を抜けた先が最奥だね。レイナ気を引き締めていこう」

そして、そろそろ最奥に近づいてきた頃――。

「あれ？　お兄さん、これって――」

第5話「【タイマー】は、『時の神殿』の最奥に到達する」

「お兄さん、これなんだろう？？」

「ん？」

レイナが不思議そうに指さしているのは。壁に描かれた奇妙な文様だ。

それらは、まるで殴り描かれたように多数壁に刻まれている。

「レイナ、あまり危ないこと――……って！　これは……」

え、エルフ文字？

不用心に壁に触れそうなレイナを咎めつつ、ルビンは壁の模様に気付いた。

いや。やはりそれは模様ではなく。

「これ、文字だ……」

それも、結構新しい。

どうやら、エルフ文字らしきそれは、神殿に元からあった何かのレリーフの上に刻まれていた。

何か特殊な塗料で書かれており、生々しくもドギツイ色彩を放っていた。

(なんでこんなところに？？)

「お兄さん？？」

「ちょっと待ってね……」

……えっと。

「――管理区域……。関係職員以外の侵入を禁ずる――――ん？」

なんだこりゃ??

「どうしたの?」

「い、いや、なんでもないよ」

レイナに言っても理解できないだろう。彼女に教えてもいいんだけど、要らぬ不安を与えたくない。

それよりもどういうことだ?

ここがエルフの管理地域だとは聞いていないけど……。

ルビンは古代文字の解読と併せて、エルフの言語もある程度学んでいた。

貴族の嗜《たしな》みという以上に、資料としてエルフの書いたとされる書物の知識を得るためだ。

しかし、それ故に違和感が付きまとう。

エルフというのは極端に知識の流出を嫌う。

それ以上に人前に滅多に姿を見せないのだから、こんな人間の支配地域の最奥にエルフの痕跡があること自体おかしなことだった。

だから、セリーナ嬢に聞かされていたエルフの非正規戦部隊の話がふと脳裏に浮かんでは

——消えた。

(まさかな……)

いくらなんでも都合が良すぎる。

そんな偶然があるとは思えない。

「お兄さん、はやくぅ! もう、到着したみたいだよ?」

いつの間にか先行していたレイナが、しきりにルビンを呼ぶ。

危ないよ、と注意しようかと思ったが、もうここにはトラップの類はないらしい。

そして、レイナとギルドからの情報通りの最奥に到着したようだ。

「ここか……」

「うん。そーみたい。おっきな扉だね〜」

ほわー、と口を開けて驚いているレイナ。

彼女の視線を追うようにルビンもその扉を見上げるのだが……。

「なんだ、この扉──？」

見上げた扉は、扉というにはあまりにも異様だった。

周囲の構造物はボロボロに風化しているというのに、その扉だけはつい今しがた作られたかのように綺麗な光沢を放っていたのだ。

「ふーむ」

押せば開きそうな構造に見えなくもない。

ないんだけど…………。

「えっと……。ここの調査って言われてもね」

押して開くくらい簡単なら、とっくに冒険者が発掘しているだろう。

今日に至るまで、ここが未調査なのはそれなりに理由があるはずだ。

セリーナ嬢から依頼された特殊クエストなのだが、詳細はここまで。

あとは最奥を調べてください……──とのことだが、そもそもどう調べればいいのやら。

「手分けして探そう、レイナはそっちを」

「うん！　わかった！」

レイナには周辺を捜索させ、ルビンは扉に張り付いたり叩いたりして何か手掛かりを探す。

扉に耳をつけてみた感じだと、微かに振動しているような音がする。

(空間があるのかな……？)

ゴウンゴウンと、まるで扉が息をしているようだ。

「お兄さん……なんだか、ここ――怖い」

レイナが捜索から戻ったかと思えば、壁の方からスススと距離を取り、ルビンにひしっと張り付いた。

「ちょっと、レイナ……。歩きにくいよ。それより、この辺を照らしてくれないか？」

「う、うん」

レイナはチラチラとダンジョン内の闇を気にしながらも、持っていた魔道具でルビンの手元を照らす。

視界は確保できているとはいえ、手元は薄暗く、自前の明かりで照らしてくれるのは非常に助かる。

「こう？」

「そうそう、手元をお願いね」

「は、はい……」

レイナはしきりに暗がりを気にしている。

そのことをいぶかしく思うも、レイナが何を怖がっているのかも知らず、ただただ、調査の時間だけが過ぎていく。

――だが、未だ手掛かりはない。

「くそ……！　八方塞がりだな」

「あ、あの。お兄さん？」

その時、レイナがおずおずと話しかける。

「何？」

「あ、あれ……」

――あれ？

レイナが指さす場所。

「ん？　あれって、どれ⁇」

それは扉から少し離れた暗がりの中にあった。

一見して壁に見えるのだが、周囲の構造よりも少し窪んでいて、そこには、人が一人余裕で入れる空間が存在した。

「――そこがどうかした？」

「う、うん……。さっき近づいた時、中から声がして……」

え？

「ど、どこ⁉」

「こ、こっちだよ」

ルビンが慌てて調べると、その中には小さな箱のようなものが壁に埋め込まれていた。

しかし、レイナの言うように声なんてどこからも――。

ポォン♪

そっと箱に触れようとした時、そこから軽快な音が発せられる。

その後、雑音交じりのかすれた声がジリジリと流れ出てくるではないか。

「わ！　なんだこれ！」

「きゃ！」

ルビンとレイナは同時にビクリと震え、二人で抱き合うように飛び上がった。

「なん……ななな、なんだこれ!?　声？」

「わ、わかんない！　さっきも急に光ってボソボソと声がしたの！」

声って、な、何だこれ？

『ジ……ザ、ザザ……ジ……』

んん？

これ、どこかで……。

どこかで見たような光景。

何か、ガラスを一枚通したようにくぐもった声と、軟らかい光……。

あ。

「て、転職神殿に似てるような……??」

あのクソ女神がダラダラと転がっていた水晶の奥の空間。

そこから発せられる女神の声と、水晶から溢れていた不思議な光。

それと酷似する、小さな箱。

これってもしかして――――。

「レイナ、離れてて」

「う、うん」

ルビンはレイナに退避を促す。

素直に従うレイナを横目で見つつルビンは箱に向かって手をかざした。

ルビンの考えが間違っていなければ、これは【タイマー】に反応している。

誰でもいいなら、とっくにギルドが何らかの情報を摑んでいるだろう。

だが、今日に至るまで何の情報も得られていない。

それが今日初めて新たな情報が上書きされた。

それを行ったのはレイナのみ。

ルビンと同じ【タイマー】のレイナが近づいて初めて反応したのだ。これは何かあるとみていい……。

そして、おそらく。

「お兄さん？」

「何が起こるか分からない。警戒を厳にしてッ！」

ルビンの強い口調にレイナも無言で頷く。

すぅ…………。

（さて――）

短く息を吸ったルビンが箱に向かって唱えた。

時よ止まれと――……。

「タイム！」

ポーン♪

『ジ………ジザーーーーーーーー』

ゴォン!!

「あ！」

「あ！」

ルビンとレイナが同時に声をあげる。

はたして、二人の目の前であの巨大な門が動き出した。

カシュー!!

カシューーーーーー!!

『ザー……ザッザッザー……！』

何か空気の抜けるような音が響いたかと思えば、突如空間がチカチカと点滅を始めた。

「うわ、なんだ!?　レイナ!?　何か触った!?」

「ち、違うよ!?　何もしてないよ!!」

ワタワタと慌てる二人の耳に今度はけたたましい音が鳴り響いた。

ビーーーーー!!

ビーーーーーー!!

ビーーーーーーーー!!

ゴゥゥゥゥゥゥウウウウウン…………。

けたたましい音とともに、巨大な扉が動き出す。

その動きは、回転するようにしてミリミリと音を立てて壁の隙間に収納されていく――――

……。

「うそ……」

「凄い……」

そして、誰も立ち入ることのできなかった『時の神殿』の最奥への通路が開かれた……。

第6話「【タイマー】は、発見する」

ゴゴォォォォ…………………ンンっっ！

ついに解放された最奥の扉。

これまで何人も立ち入ることのできなかった時の神殿の最奥がついに明かされる時が来たのだ。

格納された扉と、その隙間からパラパラと落ちる塵の音だけが響く中。

ルビンとレイナは同時に顔を見合わせる。

「開いた……」

「開いちゃった……」

ジッと手を見つめるルビン。

まさかとは思ったが、本当に『タイム』で開くとは。

もしかすると、本当に【タイマー】に関連しているダンジョンなのか？

「行こうか。この先は未知の領域。レイナは絶対に俺から離れないでね？」

「う、うん！　わかった」

レイナはギュッと唇をかみしめ、盾を構えてルビンの陰に隠れる。

「よし、気を付けて進もう。レイナも何か異常を感じたらすぐに教えて。――……能力も出し惜しみはしなくていいよ」

「わかった――いざという時は僕がお兄さんを守るから」

おぉ。頼もしい！

小さな相棒の心強い言葉にルビンも口角を緩めるも、油断なく歩を進めていった。

二人が向かう先は、人類にとって未知の領域なのかもしれない……。

だが、この先に【タイマー】の謎が隠されているなら行かねばならないだろう。

そうしてルビンはレイナと共に最奥エリアの更に奥へと歩を進める。

カツンカツンと、床を叩く音は硬質で、先ほど開いた扉と同じような物質でできているらしい。

「すごい……まるで出来立ての神殿だね」

「うん……。大理石かな、これ？」

レイナがコンコンと床に壁を叩く。

不用心さを責めようかと思ったが、ここには今のところ罠の気配がない。

どうやら、この部屋への侵入を防ぐ目的でトラップが仕掛けられてはいるものの、ここ自体にはその防衛機能がないようだ。

「硬いけど……。なんだろう？　石じゃないみたい。不思議な感触」

「──不用意に床に触れちゃだめだよ？　何が起こるかわからないから」

そう言うルビンも興味津々ではある。

ここは見渡す限り、この空間は緩く螺旋《らせん》を描く通路になっているらしい。

先は見通しが利かず、通路の壁面も光沢のある白い材質でできていた。

「こういった構造は、王宮などの最深部によくある構造だね」

「へ、そうなの？」

「あぁ。敵に攻め込まれた時に一直線だとあっという間に陥落するからね。こうして、辻々で待ち伏せしたり、敵を心理的に圧迫するために作られるんだ」

「へー！」

レイナは興味津々だ。

ルビンにとっては何気ない知識でも、今までそういった機会に恵まれなかったレイナは何にでも興味を示し、まるで海綿のように吸収していく。

そして、適度な緊張感を保ちつつルビンたちが奥へ奥へと進むとそれは現れた。

「なん、だ……ここ」

「ひろーい」

通路が不意に途切れたかと思うと、突如ルビンたちの眼前に広がる広間。

そこは天井も床も、そして壁に至るまで真っ白な材質でできており、通路と同じく光沢を持って艶やかに輝いていた。

「目がチカチカするな」

「うん……。なんだか広いんだか、狭いんだか……」

多分広いのだろうとは思う。

通路と同様の光源がついているため何となく天井の位置が分かるのだ。

そして、床も何となく――――。

「ん？」

天井と同系色のため、まるで水面に立っているような気分だが、地物があるためここが床だとわかる。

だが、その地物なのだが――……。

(何だ、あれ？)

このだだっ広い空間にポツンと一つ。長方形の箱が置かれていたのだ。

「レイナ。あれなんだと思う？」

ジッと見ていると、なぜかゾクリと背筋が冷える。

なんとなく、あの形状。

そして、大きさに思い当たる節がある。

あの大きさはまるで……。

「どうしたの？　行こ……？」

通路にいる間は、何一つ危機が訪れなかったため、レイナは完全に油断しきっている。

それが命取りだと分かっているルビンは慌てて彼女を制する。

ダンジョン奥地で、こうした広い空間があると、そこは大抵ボス部屋と相場が決まっている。

そして、この広い空間はまさしくそれだ。

「レイナ。下がって！　まずは俺が行く……」

「う、うん」

ルビンの声色の変化に、レイナは素直に頷くと引き下がった。

ルビンはミスリルの短剣を構えると、周囲を注視しながらゆっくりと箱に近づく。

そして、近づくにつれ、思った通りの形状だと分かった。

人が一人入れる大きさ。

そして、深さ、高さ。長さと形…………。

「棺《ひつぎ》…………？」

第7話「【タイマー】は、女を見つける」

「え?……棺《ひつぎ》って、棺桶《かんおけ》? う、嘘ッ」

レイナは背中越しにもわかるほど、ビクリと跳ねる。

「大丈夫。落ち着いて、いざとなったら『タイム』を使う。レイナも能力を使えるようにしていてね」

「うん!」

ダンジョン奥地で棺を発見。

いかにもなシチュエーションに今更ながらルビンとレイナに緊張が走る。

絶対、敵——このダンジョンのボスが眠っているはず。

棺の中が空っぽだとか、あるいはギッシリなんて甘い考えは捨てたほうがいい。

伊達に元Sランクじゃない。

この手のダンジョンの経験もルビンにはあるのだ。

だからわかる。

多分、中身はモンスターだろう。

棺ならば、吸血鬼かキョンシーか、それともリッチか……。

「いずれにしてもやるしかない。レイナは危なくなったら通路まで逃げろ。俺のことは気にしなくていい」

「う、うん……? って、ええ!? や、やだよ!? お兄さん、見捨てるなんてできないよ」

お、おう。

だけど、そういう時は逃げてね。マジで……。

「わかったから、静かに。ハンドサインは覚えてる？」

「え？　うん……」

ルビンはレイナとダンジョンに入る前に簡単な取り決めをしていた。

冒険者同士で使うハンドサインなどを軽くレクチャーしておいたのだ。

物覚えの良いレイナはすでに身につけたようだが、こうした奇襲時にはそれが役立つ。

幸いにもボスが動き出す気配はない。

これは上手くすると、動き出す前に倒せるかもしれない……！

レイナにコッソリと指示を送る。

まずは、

「無言」

「ルビンが先行」

「レイナは援護」

「ナイフで仕留める」

それらをハンドサインで送ると、レイナはすぐに意図を理解してコクコクと頷く。

いい子だ……。

それを見届けたルビンはナイフを逆手に持ち替えると低い姿勢で棺に接近開始。

――なるべく棺の中から見えないよう、低く低く……。

――足音を立てないように、ゆっくりゆっくり……。

――溢れ出る殺気を、抑えて抑えて……。

そっと、棺に近づき、レイナに目配せする。

彼女もそれに気付いてコクリと頷く。

未だ棺からは動きなし――………これならいける!!

グワバッ!!　と身を乗り出し、棺の縁に手をかけたルビン！

そして、逆手に構えたナイフを棺の中のボスに――――――……え？

お………。

「――女？」

第8話「【タイマー】は、戦慄する」

「………女?」

振り上げたナイフを思わず止めるルビン。

棺の中で眠っていたのは、吸血鬼でも、キョンシーでも、リッチでもなかった。

いや、語弊があるな……。

見た目だけで吸血鬼とキョンシーを生身の人間かどうか判断するのは難しい。

その特徴である牙や死蝋化《しろうか》した肌などはよく観察しなければ判別がつかないのだ。

しかし、今ルビンの眼前にいる女はそのどれとも言い難い。

肌の質感は人間のそれと同じに見えるし、なにより、アンデッド特有の禍々《まがまが》しさがない。

それよりも、なによりも——彼女は、一言でいうなら人形だろうか?

それは人間離れした美しさをもっており、煌《きらめ》く金髪と白い肌。

そして抜群のプロポーションをもっていた。薄い布に覆われている彼女の身体は女性らしい凹凸の主張が激しかった。

まるで、眠り姫。

これがダンジョンのボス?

それともアンデッド?

いや、まさかな………。どう見ても人間にしか見えない。

ルビンは眼下の彼女の美しい碧眼《へきがん》をジッと見つめてしまった。

いつの間にか近づいていたレイナがその様子にジト目でむくれている。

…………って、碧眼？　いつの間に目が開いて……。

「お兄さん！　どいて、そいつ殺――」


パチ、クリ……。

目と目が合う。

ルビンの黒い瞳が眼下の美女の碧眼に映っていた。

「う…………」

動い、た……。

まるで死んでいるようにも、眠っているようにも見えた女性が薄く目を開けていた。

それは最初からそうであったかのように、瞳がルビンを捉えて離さない。

そして、硬直したルビンに代わりレイナが棺の縁に手をかけた途端!!

パチンッ……！　と、レイナの手から火花が散った。

その瞬間!!

――ジリリリリリリリリリリリリリリリリリリリリリリリリリリリリリ!!

「し、しまった……！」

レイナが棺に触れたことで何かが起動したらしい。

けたたましいブザーが鳴り響く。

どうやら、棺に警報の類の仕掛けがあったのだろう。

そして、起動したものが何かなんて決まってる……！

「ご、ごめん！　お兄さん、何か触っちゃった!!」

「言っただろ――気をつけろって!!　……って、そんなことを言ってる場合じゃないか！　逃げようッ」

ルビンはレイナを抱えると棺から距離を取ろうとする。

しかし、それを見越していたかのように部屋中のブザー音が鳴り、警告を示す赤い照明が灯った。

『規定外のアクセスにより、強制解除モードが作動――非戦闘員は直ちに退避してください。繰り返します。規定外の……』

ヴィー！

ヴィーー!!

ヴィーーー!!

どこからともなく響き渡る警告。

それは古代語交じりの共通言語であった。

レイナは理解できていないようだが、ルビンには断片的ではあるが何とか意味は理解できた。

それは繰り返しの警告。

何らかの緊急事態が発生し、この場にいる非戦闘員の退避を促すものだった。

「く……。何らかなんて、決まってるだろ！」

あの女だ!!

「レイナ。状況不明、一時撤退するよッ」

「う、うん――あ！」

レイナの手を引いて遁走《とんそう》を開始しようとしたルビンだったが、急にレイナが驚愕の声をあげる。

反射的に振り向いたルビンの視線の先に、棺に中の女性がいた。

薄い布がしっとりと肌に張り付き、起き上がるにつれハラリと――……。

「見ちゃダメ!!」

って、ばかーーーーー！　それどころじゃないでしょ！

レイナに目隠しをされたルビンだったが、その瞬間ゾクリと悪寒が背を貫いた。

く……。

レイナの手を退けるルビン。

そこには、ゾクリとするほどの美貌を持った女性がルビンを見つめていた。

そして、ゆっくりと口を開くと綺麗な発音で、

「不確定要素を確認《ベステンギイスオウスウンドゥハイリゴウス》。貴官の官姓名《ビットギイゼンイルオフィジン》・認識番号を回答してください《ナアメンオウスイッヒイリカフィオウスアンツウソン》」

「は？」

「…………再度要求します《ノッフマウスアンフォダン》。貴官の官姓名《ビットギイゼンイルオフィジン》・認識番号を回答してください《ナアメンオウスイッヒイリカフィオウスアンツウソン》」

な、何を言っているんだこいつは――……!?

「古代言語……？」

っていうか、官姓名だぁ？

軍隊じゃあるまいし……。

階級なんて、あるわけねぇだろ！

いや、待て——もしかして、

「あ、あー！　俺はルビン・タック。冒険者ギルド所属、Bランク。登録番号は、B１２１１……これでいいか？」

咄嗟《とっさ》に口をついて出たのは今のルビンの所属と階級だ。

どれも嘘ではない。

「……メモリー内に所属組織の該当なし《ニヒトイッヒスパイシャーアンデンバー》。……データベース《ダートゥンバング》、アクセス不能《ニヒトツゥゲンニッヒ》。規定により《フェアハンズゴゥボン》、不確定要素を拘束します《ウンスハイストアイムシェンスウン》」

な!!

「待て!!　俺は、俺たちは怪しいものじゃない！　待てッ！」

思わず静止を求めるルビン。

目の前の女が言葉の通じる存在だと思っている自分がバカバカしいが、問答無用で襲い掛かってくるモンスターとはちょっと違うとルビンは感じた。

それに何と言っても女性だ。

いきなり斬りかかるのはさすがに気がひける——。

「却下します《アブリニィネン》。拘束対象、確認《ズィエルベシュティゴン》——」

ついに立ち上がった女性。

その瞬間裸体が晒されるのではないかと思った（期待した）が、棺から身体が現れる瞬間に、空間がバチバチと明滅し、黒いコートのようなものが現れ、順次覆っていく。

「――これより《ファンヌゥ》、交戦規定に基づき拘束します《アンジンジィアンディアリンギダスアンガルモンゴゥスポンズ》」

そして、敢然に立ち上がったと思えばどこからともなく取り出したツバ付きの黒い帽子を取り出し、両手で頭にのせ、指先で角度をつけると、棺から一歩踏み出した。

「こ、こいつ！」

ざっざっざ……！

無造作に歩き出す女。

そいつは、ついに地面に降り立つと、ダランと構えたままルビンたちとの距離を詰める。

武器も持たず、防具も持たず。

本当にただ歩いているだけ……。

どう見ても、美しいだけの女。

だが、ルビンには分かった。

彼の中に流れるドラゴンの血肉が目の前の女の力を認識し、急速に冷えていく。

こいつは…………………………強いッ!!

ルビンに流れるドラゴンの血が、目の前の女に恐怖し、委縮しているのだ。

「ぐ……！　バカな……」

その異様な雰囲気に呑まれたルビンが思わず硬直するも、

「お兄さん！　逃げよッ」

「……ッ!!　あぁ、そうだな!!」

レイナの一言で我に返る。

そうだ。

こんな得体の知れない女と戦えるかッ！

ここは一時撤退。ギルドに報告する……。

——ヒュッ、スタン!!

「ぐ！」

「ひゃあ!!」

う、嘘だろ!?

（……お、俺を飛び越えた？）

「退路遮断《ブロックファダスン》。大人しく指示に従ってください《ブロフンジイジアンバイズンルウゴウス》」

撤退を選んだルビンが踵を返して遁走開始。一歩目を踏み出した時、フワリと舞い飛んだ黒衣の女がルビンの前に降り立ち進路を塞いだ。

「拘束します《ズルカインス》」

しゅっ！　と目にもとまらぬ早業で貫手《ぬきて》がルビンを捉えんとする。

だが、ドラゴンの力を得たルビン。その動きが見えていた……しかし、それでも辛うじてッ!!

「は、早い……！　けどっ!!　——捕まれと言われて、大人しく捕まるわけがないだろう!!

悪いけど、しばらく大人しくしてろ!!」

そうだ！

なにも正面切って戦う必要などない。
こんな得体の知れない奴は――――……!!
ルビンの十八番《おはこ》――――「タイムっっ!」だ!
「抵抗《ウィザァシュタンディ》は――」
カチン……!
ルビンに手を伸ばした状態で硬直する女。
よし……!!
効い、た――――え?
最強の時使い『タイム』が発動し、その黒衣の女を捉えたはず。
そう捉えたはずだったんだ……。
だが――――……。

第9話「【タイマー】は、立ち向かう」

ルビンに向かって歩き出した黒衣の女。

そいつに向かって「タイム」を発動して、時を止めてやった！

「や、やったか……？」

ピタリと静止した女。

そいつの目がルビンを射抜くように見つめたままピクリともしない。

「お兄さん、アイツ止められた？」

ルビンに抱きかかえられたままのレイナが心配そうに問う。

「ああ、大丈夫だ——こうなったらこっちのもんだ。今のうちに」

ぞくりっ……。

その時、ルビンの背筋がヒヤリと凍る。

（な……！　なんだ⁉）

思わず、バッと振り向き、黒衣の女に向かって武器を構えた。

無防備で無抵抗なはずの女に向かって——……。

「お兄——……ひゃ‼」

ガシャ、ガシャ‼

何かに気付いたレイナがルビンの腕の中で飛び跳ねる！

そして、その時にはルビンにも見えていた。

突如、棺の中から何かが飛び出してきた。

「な、なんだあれは!?」

驚愕するルビンの眼前にフワフワと浮かぶ黒い球体。

そいつが1個、2個、4個、8個——!!

「や、やばそうだ!!」

「なんかわかんないけど……お兄さん、逃げよ!」

うん!

その通り——! 状況不明な時は隠れるか逃げる! それが鉄則……!!

敵が正体不明ならなおさらだ!!

——ジャキンッ!!

耳を打つ金属音。

そして、

「な、なに!?」

しかし、一歩行動が遅かったらしい。

黒い球体がこの広い空間にフワリフワリと舞い上がると、ゆっくりルビンたちを包囲した。

そして、更に金属音!!

ジャキ、ジャキジャキジャキジャキジャキ!!

「な、なんだこいつら!!」

硬質な音を立てる黒い球体!

そして、黒い球体の表面から長い筒のようなものが伸びる。

細い筒。

太い筒。

尖った筒!!

「「「「「言語解析完了――……」」」」」

「あ、あの女の声!?」

「み、見て！　お兄さん！　アイツ、こっちが見えてるッ!!」

レイナの声に我に返ったルビン。

すると、確かにタイムで止めたはずの黒衣の女がこちらを見ているような気配が！

そんなバカな!?

「こ、こいつも【タイマー】なのか!?」

全ての黒い球体から女性の声が同時に発生する。

「「「貴官に告ぐ。即刻武装解除し、我が方に降伏せよ」」」

「「「貴官は、時間魔術を使用した。我が方に敵対意思ありと認める」」」

「「「「「暫定、敵性分子と認定」」」」」

ふわりふわり……。

「「「降伏せよ」」」

「「「降伏せよ」」」

な、なんだこれは――!?

この球体全部、あの女の声がするだと――――！

「お兄さん！　早く逃げよ！」

「そ、そうだな!!」

球体が何だか知らないけど、あの女の動きは止まっている。

『タイム』は確かに効いているのだ。ならば、躊躇する必要などない！

そして、なによりもルビンの身体の中を巡るドラゴンの血が騒いでいるッ!!

逃げろ、逃げろ、逃げろ――――と!!

アイツから逃げろと――――――!!

「逃げるよ!!」

「うん!!」

ルビンはレイナを抱いてその場から離脱しようとする！

女の動きが止まっているからといってトドメを刺そうという考えなど毛頭なかった。

絶好の機会だというのに――――あの女を倒せる機会だというのに……。

なぜか、それだけはしてはならないと!!

身体がそう反応している。

ダッ!!

ルビンはわき目もふらず逃走開始！

一刻も早く――――――。

「「「「「警告を無視――――威嚇射撃開始ッ」」」」」

発射《フォイエル》!!

な、

なに!?

ババババババババババババババババババババババ!!

「うわ！」

「きゃあ!!」

空中に浮かんだ球体から火箭《かせん》が迸《ほとばし》る！

それはけたたましい音とともに床を削り、ルビンの足下で爆ぜた！

「ひ、ひぃ……！」

「はぅ…………も、漏れちゃったぁ」

何やら腕の中でホカホカと。

「レイナ、ばっちぃ……」

「ごめーん」

しばしほんわかする二人であったが、危機を脱したわけではない。

今のは敵が本気でなかったというだけだ。

威嚇射撃をわざわざ行ってからの攻撃――……ルビンたちを舐めているのか!?

「くっそ！　逃がす気はないってことか――レイナ！」

「う、うん！　分かってる……！」

ルビンはレイナを床に降ろすと、ナイフを構えて黒衣の女に向かい合う。

「そ、そっちがその気なら、こっちも本気を出していくぞ!」

「ま、負けないから!!」

キラリとレイナの目が小さく光る。

彼女の【能力】はいつでも発動可能だ!

「先に手を出したのは——」

「そっちの方なんだからね!!」

そして、二人のタイマーと黒衣の女との戦いが始まる……!

第10話「【タイマー】は、激突する」

ババババッバババババババババババババ!!

空中に浮かぶ球体が狂おしい方向とともに火箭《かせん》をばら撒きルビンたちを圧倒しようとする。

それを、ジグザグに動いて躱《かわ》すルビン！

「レイナ！　球体の動きに注意!!　コイツ等は連射式ボウガンのようなものを武装しているぞ」

「わかった！」

ルビンの優れた動体視力が球体から発せられる攻撃を認識した。

そして、レイナへの攻撃を逸らすためにわざと大きく動いて、球体の攻撃を引き付ける。

そのまま、トリッキーな動きで球体を翻弄しつつ、

「タイム!!」

カチン!!

隙を見て、タイムを発動。

球体の動きを止める。

今までは人やモンスターにしか使用してこなかったが、どうやら物体にも作用するらしい。

いや、あの球体は物体だと言い切れるのかは怪しいところだが——。

「「敵性分子の抵抗確認——防衛行動に移行、危害射撃を開始する」」

き、危害射撃!?

「は！　今さらだよ!!――レイナ!!」

「うん!!」

あらかじめ決めておいたハンドサイン。

それは、

「俺が」

「引き付ける」

「レイナは」

「迂回」

そして、それだけで十分!!

「……俺に気を取られ過ぎんなんだよ――！　行けッ！」

「うん、うん、うんッ!!　たりゃぁぁぁあああああ!!」

掛け声とともに、レイナが走り出す。

一見、右往左往しているように見えたレイナだが、それは違う。

それも含めてルビンの策略。

一番動けて、防御力も高いルビンが囮《おとり》。

なんたって、囮には定評のあるルビンだ。

そりゃあ、危機感と焦りの演技もうまい！

いくら未知の敵とはいえ、これにはつられるだろう。

そして、案の定黒衣の女が操っているとおぼしき球体もルビンに火箭を集中させる。

そのうえ、舐め切った黒衣の女は今の今までルビンを威嚇していたという——それで勝てると思ったのか！

甘いぞ!!

敵はルビンだけじゃないんだよ!!

小さな女の子に見えても、レイナだってスラムを生きてきた戦士だ！

「行っけぇっぇえ」

行け、レイナ!!

「この子を見くびったのか!?……だとしたら——」

——それがお前の敗因だああああ!!

「わぁぁああああああああああ!!」

レイナが雄たけびを上げる。

いざというとき以外に使うなと言い聞かせておいたナイフを抜き放ち、黒衣の女に向けて一直線に！

「「「「「クソッ《シャイセ》!!」」」」」

その時初めて黒衣の女が感情らしきものを見せる。

そこでようやく時が動き始める！

ピク、ピクと黒衣の女本体が動き始め、タイムの効果が薄れ始めていた。

だが、それよりもレイナの方が速い！

それでも妨害しようと、球体が火箭を飛ばしながらレイナの進路上に割り込もうとする。

させるかよ!!

「タイム。タイム。タイム!!」

カチン、カチン……!

く、一体外した!!

球体の動きは不規則でありながら時に直線的。

それはルビンのタイムを躱すほどだ。

だから、分かる……。

この女は【タイマー】との戦いを知っている。

そして、この球体は【タイマー】を想定しているのだ!!

…………それでも、間に合うまい!!

ルビンがかけた「タイム」によって硬直した球体を盾に、レイナは更に接近する!

小さな身体は球体の攻撃を悉《ことごと》くかわす。

「いいぞ、レイナ!!」

そうだ!

それでこそ、俺の相棒!

それこそがレイナの本領だ!

「突っ込めぇぇぇええ!!」

「うん!!　あと一歩ぉぉぉおおお!!」

子供にしては思い切りよく、レイナは最後の一歩を踏み切り、ナイフを手に黒衣の女に突き立てようとする!!
ダンッ!!　と床を蹴るレイナ――。
「ちぃ《オウ》！　このっ《ダスヒア》」
そして、時は動き出すッッッッッ！
そこで、
そこで、ようやくタイムが解けた。
その瞬間、黒衣の女が素早く反応する！
尖った爪を貫手《ぬきて》のようにしてレイナを貫かんとするッ！
そう、一歩。
あと、一歩間に合わなかった!!
黒衣の女の反応が想像以上に速い!!
……ま、まずい、レイナ!!
「これで終わり《ダスワーズ》よ！　エルフ《エルフェン》！」
「――レイナぁぁあああああ!!」
踏み込み過ぎたレイナが驚愕して目を見開く。
まさか、反撃されるなんて思いもよらなかったという表情……。
あぁ、まずい。
レイナが。
レイナが。

レイナがぁぁあ――――――!!

な～んて、ね……。

ニヤリと笑うルビン。

レイナも不敵に笑う。

それを見た黒衣の女が感情をあらわにして――――――!!

「何がおかし《ワズイストフェ……》――――」

「……【タイマー】は俺だけじゃないんだぜ。腹を見てみなよ?」

ルビンが腹をチョンチョンと差し示すと、黒衣の女がゆっくりと顔を降ろし、信じられないという表情で腹部を見た。

「ば、バカ《ブルゥド》な……」

「馬鹿なものかよ。この子は最強の【タイマー】だ。――刺されたことにも気付けなかっただろう?」

「ぐは……!」

黒衣の女が仰《の》け反る。

その瞬間はルビンにも見えなかった。

奴の貫手は何も貫くことができずに空を掻き、代わりに消えたレイナのナイフが奴を貫いていた。

「はぁ、はぁ、はぁ……」

レイナの瞳が金色に輝き、スゥと光を失う。

ほんの一瞬ではあったが、ルビンにも見えたレイナの世界。

時の失せた静かな世界――……。

「…………ゴフッ」

そして、黒衣の女が血を吐き、膝をついた。

第11話「【タイマー】は、制する」

「馬鹿な《ダーコォブ》……ごふっ、時空魔法の使い手が二人《ツヴァイレウトダツァイマヅク》——だと」

ドサッ……。

ボタボタと腹から血を流し、黒衣の女が膝をつき、斃《たお》れた。

そして、ドサリという音が広大な空間に響き、そのあとを継ぐようにレイナの荒い息が流れる。

「は……は……はぁ……」

両手を真っ赤に染めたレイナ。

その色と同じものが白い床をジワジワと染めていく。

「わ、私が……？」

「いい。見るな——大丈夫。大丈夫だから」

きっとレイナは初めて人を刺したのだろう。

勢いでやったとはいえ、よく踏み込めたものだ。

「……レイナのおかげで助かったよ」

彼女の顔を掻《か》き抱《いだ》き、頭をポンポンと撫でてやる。

今さら震えが来たのかナイフを取り落としたレイナがブルブルと震えている。

「あ……………」

そして、ポツリとレイナが零す。

ルビンの身体越しに黒衣の女を覗き見て——……驚愕に目を見開く！

「お兄さん！」

「なっ！」

振り向いたルビンも驚く。

思わずレイナを背後に庇い、彼女が落としたナイフと自分のナイフを合わせて二手に構える。

「馬鹿な……致命傷だぞ!?」

「ゴフゴフッ………アハハ」

ペッと、血反吐をはいた女がニヤリと笑う。

起き上がった時のような無感情なそれとは明らかに異なる。

まるで、好敵手を見つけた剣闘士のごとく不適な笑みを浮かべると、傷口を押さえていた手をのける。

「まさかね《オフカイネンフェイル》。してやられたわ《グゥシャア》――」

ヒュッと振り抜いた手にはこびり付いた血。

明らかに致命傷だと分かるソレだというのに、黒衣の女は既に何事もなかったかのようだ。

ゴキゴキと首をならすと、

「油断大敵《ウングルヒインテイファインド》。本調子じゃないとはいえ《ニヒトグゥタァファファソウン》――まさか《オフカイネンフェイル》、混血の兵にやられるなんて《ワズエンソルダードミヒトグッシュントウンワアダアト》」

うっすらと宣《のたま》い。

どけた手の下には破れた黒衣と、美しい肌が……。

「き、傷が……!?」

「そ、そんな!?」

ルビンとレイナが驚愕しているのを実に面白そうに眺める女。

「あら《オウ》？　見るのは初めて《イスティスデエンマイツウジン》——？　傷だけじゃあ、ないわよ《ニヒトノオカッツァ》」

そう言って軽く手を翳《かざ》すと、
バチバチバチバチ……と手先から放電し、周囲が瞬く。

そして、

「嘘、だろ？」

「ど、どーなってるの!?」

破れていたはずの黒衣まで。

「さぁ、どうなってるのかしら《ワズイストロオスト》？　お嬢ちゃんには見えていたんじゃないかし《ザアアウスオウスウィエバア》——……らぁあああ《ズウンン》！」

ガチャキ!!

突如、獰猛《どうもう》な雰囲気を全身に纏った黒衣の女。

懐に手を潜り込ませたかと思うと、二手に鉄の塊を握りしめていた。

「エルフ如きが《イッヒグロウブン》、アタシをどうこうできると思うなよ《ニヒトダスイスゾオエルフジインカン》——!!　ガンネル《ガンネル》っっ」

女の叫びに応じるように、フワフワと浮いていた球体が意志を持ったかのように直線的な動きに転じた。

そして、突き出す筒をルビンたちに向けると、

「飽和攻撃《ゼッティゴンアングリフ》！　奴らを灰にしろぉぉぉおお《マアズイッシュアッシャアアアア》！」

「「「「了解ッ《ヤボール》」」」」

女の声で球体が一斉にルビンを指向する。

それはまるで女の意志が乗り移ったかのようだ。

「違うよ！　本当に乗り移ったんだよ!!」

レイナがルビンに抱えられつつもそう叫ぶ。

「はぁ!?　乗り移った……何を言って」

「逃がすものか《ニヒトローズラアスン》――――！　裏切り者ぉぉぉ《ヴァリタァァァ》」

「「「「「エルフに連なる害悪ども《シャアドウンフュデンエルフェン》」」」」」

すぅぅ……！

「「「「「撃てッ《フォイエル》」」」」」

ジャジャキジャジャキジャジャッジャアッジャジャジャキン！

「へ？」

「あぅ!?」

バババババババババババババババババババババババババババババババババッ！

バババババババババババババババババババババババババババババババババッ！

「うわぁあ!!」

「きゃあああ!!」

叫ぶルビンたち目掛けて大量の火箭が迸る。

それらが床や天井など壁という壁を削って全方位に発射される。

一発一発、強力な何かが発射されているらしい。

動力源は恐らく火魔法の何か――……！

「な、《ハアス》外した《イスエスト》!?………ちぃ《シャイセ》！　調整が不十分なのね《シュレクトアングレイシュテエイト》!?　まるであたりゃしないわ《エストイストニヒトウイ》ッ」

キィイ！　とヒステリックに頭を掻きむしる女は、不意にその手を止めると、

「……だったら《ダン》」

苦々しく顔を歪める。

そして、

「だったら接近して仕留めるッツッ《ダアンシースンオウシーズン》！」

死ねぇぇぇぇぇぇ《ステエエアアアアブン》!!

「ちょ!!　レイナ離れてッ」

「ひゃあぁ!!」

レイナをぶん投げると、ルビンはナイフを構えて黒衣の女を迎撃する。

相変わらず球体がふわりふわりと中空を舞いながらけたたましく吼《ほ》えているが、どうやらこけおどしらしい。

「舐めんじゃなわよッ《イッヒクレイニヒト》!!」

ジャキンッ!!

二手に構えた鉄の塊！　――新しい武器か!?　…………それが、

「それがどうしたぁぁあああ!!」

チンケな武器でルビンに効くはずもない。

こう見えてドラゴンを食らった男――。

ドラゴンスレイヤーでもあるルビンだ!!

「それをこうするぅぅぅぅぅぅぅ《マッハゾォォォォォォォォウ》!!」

うわぁぁぁあああ!!

バンバンバンバンバンバンバンバンバンッッ！

「うがっ！」

女の武器が火を噴いたかと思うと、ルビンの肩の肉がえぐり取られる。

その衝撃たるや!!

「痛いでしょぉおおお《ビディズイイトトゥウン》！　これで《ミットディズン》」

「ぐ……」

体中の力が抜け落ちる。

そこに駆け付けた女がルビンの額に鉄の塊を押し付けると、

「――これで終わりよ《ダスイスダスエンデ》！」

ゴリリと押し付けられる感触を覚えつつ、ルビンが膝下から崩れ落ちる――。

「――――――ここで、『タイム』だ」

「なッ《ワズ》！」

カチーン！

「いってー……。だけど、うまくいった。接近してくるのを待ってたんだよ。……これだけ近ければ球体も手を出せまい!!」

激痛を差し置いてルビンは立ち上がる。

そのまま、女の顔面を鷲摑みすると――……！

「父ちゃん、母ちゃんに言われなかったのか――一発殴られたら……」

すぅ、

「百万倍返しにしてやれってなぁぁぁあああ!!」

第12話「【タイマー】は、愕然とする」

「百万倍返しにしてやれってなぁぁぁあああ!!」

——うおおおおおおおおおおおおお!!

超至近距離でルビンは黒衣の女に摑みかかる。

奴はタイムのせいで動きを止めており、ルビンの攻撃を躱《かわ》すことができない。

タイム直前の驚いたような顔で硬直している。

その顔面をグワシと鷲摑みし、思いっきり床に——ダァァァアン！　と、叩きつけると馬乗りになった。

そして「すぅぅ……」と、息を思いっきり吸い込むと。

「くらぇぇぇえええ!!」

ドラゴンの血肉が体中の細胞を活性化させる。

女の姿に委縮していたそれらを無理やり叩き起こすようにしてルビンの力に変えていく。

ビキビキ、ビシビシッと筋肉が盛り上がり——拳を固く握り込む。

その際に肩に受けた傷口が大きく開き血が迸《ほとばし》るッ。

「いってぇえだろうが!!　俺の肩に風穴を開けやがってよぉぉぉおおお!!」

ドラゴンの血が全身に巡っている。

体中から暴力と暴力と暴力を放出せんと、女の顔面を押さえつけて床にゴリゴリと押し付けると、ルビンは叫んだ!!

白い歯がポップコーンのように弾け飛び、唾液と鼻血が手につく粘ついた感触がある。

メリメリメリと顔面に直撃する拳。

バキィ!!

「うりゃぁぁあああああ!!」

俺の傷を百万倍にして返してやるんだよぉぉぉおおお!!

今は、スッこんでろぉぉぉぉおおお!!

「違うの、ダメぇぇええ!!」

うるさいレイナ!!

「ダメ！　お兄さんッッッ」

うぉぉぉおおおりゃぁぁあああああああああ!!

「――見えているならば、逆に恐怖だろうぅぅううう!!」

ミシミシミシとルビンの拳が膨張し、パンパンに張り裂けていくところをマザマザと見せながら、そいつを振り上げ肩の位置で思いっきり溜め込むと言った!!

確かに、ある――…………だから、
空間に満ちる空気には黒衣の女の意志が確かにある。

だがわかる。

黒衣の女は肯定も否定もできずに、硬直したままだ。

【タイマー】と同じく、時の世界を――止められながら、なお見えているな!?

（……お前、見えているな？）

だが、タイムは有効。

静止した時間の中で、女の顔だけが変形していく。

あの美しい女の顔が変形していく――――だが、まだまだぁっぁあああああ!!

「うらぁぁぁああああああああああああああ!!」

ゴッゴッゴッゴッゴッゴッゴッゴッゴッ!!

まるで杭でも打つように、繰り返し拳を振り下ろすルビン。

それが寸分たがわず奴の鼻っ柱に叩き込まれ変形から陥没、陥没から貫通へと――――……。

これで生きていられるかぁっぁあああ!?

「トドメぇぇぇえええええ!!」

タイムの効果が切れる。

その直前に、ルビンは渾身の力を込める。


タイム切れとともに食らうがいいとばかりに、今日一番の力を込めてッッ!!

「どっせぇぇぇえええええええええい!!」

そして、時は動きだ――――……。

「「「「接近すれば《ウェアニイジンコネン》『ガンネル』《コメンニヒト》が使えないと思った《ガンネルファベンヌウ》？」」」」

な、……にぃ!?


ピタァア……と、ルビンに張り付く球体群。

その武器となる筒先がルビンの身体をゼロ距離で刺し貫くようにして、

「「「「甘いな《ジィス》、青年《ユウジュント》」」」」

バカな……！

あの女の声、だと!?

だって、この球体は分身みたいなものだろ？

ルビンはそう判断していた。

そして、本体たる黒衣の女そのものを倒せば止まると――……ハっ!!

ルビンはハタと気付くその瞬間。

女は半身を起こしてルビンを真正面から見る。

風穴の開いた顔面で不気味に微笑む。

口だけのその顔で「ニィィ」と――。

「アンタ《マイテュンズゥ》、百万倍返しって言った《アィンミリヌンマイズルックン》わよね？」

ドロリと粘つく血を垂らしながら「顔面お化け」の女が笑う。

ニヤリ、クスクスと嗤う。

「――なら《ダン》、アタシは《ニッヒ》」

シィイ……と、口角を最大限まで釣り上げて凶悪に笑うッッ!!

「百億万倍返しよッッ《ジィンミリオンズンマィクルツゥン》!!――――ガンネルっっ」

ふぃぃぃぃいん……!!

ガンネルと呼ばれた球体がその筒をルビンに向けたまま揺れ動き、無数の筒先から――――ババババババババババババババババババ!!

「ぐぁあああああああああああああああああ!!」

ダァン、ガン、ゴロゴロゴロ……!!

至近距離から攻撃を受けたルビンは無数の風穴を開けられて跳ね転ぶ。

「頑丈な奴ぅ《ロボスタアカアル》！　でも、これで終わりよ《アバアダスエンダア》——！」

女は顔の前に翳《かざ》すとスーと剝ぎ取るようにして、手をスライドさせた。

すると、たったそれだけの動きで顔の傷が修復されていく。

そして、腕をタクトのように振り上げると、指揮者が演奏をするかのように優雅な仕草で立ち、周囲にガンネルを侍らせた。

「エルフに与（くみ）したことを後悔して死ぬがいいッ《ドゥダイティスデエブデンエルフエテュスギィブントゥハウブンステェアブン》」

「待って!!」

傷口からドクドクと血を流すルビンを庇うようにレイナが飛び出る。

「退きなさい《ルックツック》。アンタだけを特別扱いするつもりはないわ《バァハンディデュニヒトエルスエヒトビルザンドュス》。その男の次はアンタよ《ダスビィスディスドゥ》」

据わった目つきの黒衣の女はレイナを冷たく見下ろす。

そして、彼女が動かないとばかりに目を閉じて両手を広げてルビンを庇う仕草を見て、少し眉根を寄せた。

「…………エルフの仲間のくせに、人を庇う？　あり得ないわ——アンタ、本当にエルフ側なの？」

「え、エルフ？」

恐る恐る目を開けたレイナが黒衣の女を真正面から見る。

その女は、キッと冷たい目つきでレイナと…………ルビンを見ていた。

彼女の周りにはガンネルがフワフワと浮いており、いつでも攻撃できる態勢だ。

その気になれば、レイナごとルビンをミンチにできるだろう。

「ッ……。損傷率55％、同化、吸収――――っっっっ……」

その時フラリと、女が身体を傾けて、近くにあった球体に触れると……それをズルリと飲み込んだ。

いや、正確には飲み込んだというより、腕を介して身体に溶け込んだと言った方がいいのか？

「の、乗り移った……」

レイナが呆気に取られて見ている。

もちろんルビンもだ。

だが、その目の前では女が立ち上がると、黒衣の内側から鉄の塊を取り出し、鉄を合わせて何やら操作している。

やたらとガチャつく音が室内に響いた。

ガチャ、シャキ――――キンッ。

「…………答えなさい――アンタ、本当にエルフ側？」

え？

ポカンとしたルビンとレイナ。

傷だらけのルビンも一瞬痛みを忘れてレイナと顔を見合わせる。

「え、エルフ………？　いや、なんのことだ」

「し、知らない……」

ルビンには多少は心当たりはあるものの、レイナに至っては全く知らないだろう。

ルビンにしたって、時空魔法《タイムマジック》がエルフに勘付かれて、非正規戦部隊に捜索されているかもしれないという噂を知っている程度。

あとは、エルフに関して言うなら書物読んだ程度しか知らない。

「ど、どういうこと……。確かに、嘘を言っているわけじゃなさそうだけど……」

ツカツカツカ……。

足音を高く、歩み寄った黒衣の女は、レイナをペイっ……と脇に退《ど》けると、ルビンの胸倉を摑んで無理やり引き起こす。

そして、血を流すルビンを無造作に持ち上げると、腕力だけで吊り上げる。

そのまま身体のあちこちを眺める女。

いつの間にかガンネルもルビンの周囲をフワフワと舞っており、その目のようにも見える筒をルビンに向け様々な角度から解析しているらしい。

「「「改造手術の痕跡なし」」」

「「「血中に異物を確認、臓器と同化——敵性分子との関連性ゼロ。新生物のものと確認」」」

「「「「「結論。エルフ側の操作を受けている可能性は極めて低い」」」」」

フワフワと舞うガンネルが女の声でそう告げた。

それを聞いた黒衣の女は驚愕に震え、ルビンを手放した。

ドサッ「いだ……！」

そして、そのままフラフラしていたかと思うと、ドッカリと自らを収納していた棺の縁に腰を掛け深く深くため息をついた……。

「ば、馬鹿な……。一体何年経っているのよ？　ここは今どうなってるの――――……ッ！」

最後に、ハッと気づいたのか、黒衣の女は顔を上げた。

そして言う。

「今は何年…………。いや、そうじゃないわ。そうじゃない。そうじゃないわ。そ、それよりも、あれよ……！　れ、連合軍は敗北したの!?」

第13話「【タイマー】は、女に出会う」

「れ、連合軍？　何の話だ……げふッ」

ルビンは吐血しつつもヨロヨロと起き上がる。

その度に傷口からドクドクと血が溢れた。

何かが発射され、それが貫通したのだろう。

しかし、問わねばならない――……少なくとも、

「お兄さん!?」

「いいよ。レイナ――もう大丈夫……」

そう、少なくとも、その女は恐らく……。

「連合軍は……連合軍よ。知らないって様子ね。嘘じゃあなさそう」

ふぃぃぃいいいいん……。

女の周囲に待っていたガンネルがフワフワと散っていく。

いくつかはこの空間から出ていったようだ。

ルビンはそれを見送りつつ、黒衣の女に歩み寄る。

「……あんた、このダンジョンのボスじゃないよな？」

「ボス？　ダンジョン？　アンタは何を言ってるの？　それよりも答えなさい」

疲れたような表情をした女は棺に腰かけたまま、億劫そうに顔を上げた。

「な、何をだ？」

「――全てよ」

全て……？

それから女はルビンとレイナにいくつかの質問をした。

ルビンたちの所属。

階級。

種族……。

時を操る方法について――――。

そして、今が何年の何月なのか……。

「嘘………。いえ、そうね。にわかには信じられないけど、本当のことのようね」

「し、信じるのか？」

ルビンの言葉に黒衣の女は髪をかき上げると、フゥとため息をついた。

「……今、ガンネルがここの外を偵察しているわ。まさか、まさか、ね……」

またため息をつく。

「――施設の老朽化……。いえ、老朽化というよりも、これはもはや遺跡ね。そして、そうなるほどに時間が経っているということ。観測機器も一個も残っていないわ」

そう言って、近づいてきたガンネルを一機、そっと撫でる。

「そ、それはなんなんだ？　まるで、生きているようにも見えるんだが……？」

「あら？　質問しているのはコッチなんだけど、まぁいいわ」

黒衣の女がパチリと指を弾くと、室内に残っていたガンネルが一斉にルビンたちの方を向く。

黒々とした筒がその先を指向してくるため、ルビンは思わず身構える。

「そう警戒しないで。もう、戦う気はないから……アンタたちがそうであれば、だけどね」

一方的に攻撃してきておいて勝手な言い分だが、ここで女が引き下がってくれるならそれに越したことはない。

「あ、あぁ、俺たちにも攻撃の意思はない——そちらが攻撃してこない限り」

ルビンの言葉にクスリと笑みを浮かべる女。

本当にその意思はないらしい。

「……で、この子たちだけど、これは広域型自律自我予備システム——通称『Großflächentyp AutoNomie Ego Reservieren＝GANERよ」

「が、ガンネル……？」

「広域型……なに？」

ルビンもレイナも頭に「？」マークを沢山つけている。

そりゃそうだろう。いきなり横文字がたくさん出てきても意味不明だ。

その様子を見て黒衣の女はクスリと笑う。

不思議と人好きのする笑顔で嫌味は感じなかった。

「……簡単に言えば、アタシの予備システム。——分身のようなものよ」

「ぶ、分身??」

「これが全部??」

フワフワと浮かぶガンネルたちが一斉にコクリと頷くように筒先を下げた。

「わっ」

「すごい……」

どういう仕組みかさっぱりわからないけど、実際に戦闘したルビンには何となくコンセプトが分かった。

「も、もしかして……アナタは──」

ルビンは恐る恐る尋ねる。

この女が対面時から一貫していた態度の一つ。

エルフと、時空魔法に対しての激しい攻撃性。

「えぇ、ご明察の通りよ。アタシは『対エルフ』『対時空魔法』に特化した兵士──ガンネルコマンダーよ」

ガンネルコマンダー。

通称、

「ガンコマとか言ったらぶっ殺すわよ」「ガンこ……」

げふん、げふん。

「そうか……。やっぱりそういうことか!」

戦闘中、ルビンは何度かこの女を『タイム』で止めた。

しかし、女は『タイム』で止められているにもかかわらず、その後の動きには全く支障がなかった。

まるで時が止められていることを知覚しているように──。

否。知覚していたのだ。

この女の意志は本体だけでなく周囲にあるガンネル全てと共有している。

だから、『タイム』を喰らっても全く支障なく行動可能。

しかも、ガンネル自身も複数ある上『タイム』の連射を喰らっても問題ないように複雑な動きを取りつつ、まとめて喰らわないように分散飛行する。

そして、モタモタしているうちに『タイム』の効果が切れると――そういうコンセプトで作られているのだろう。

そのうえ、レイナが見た「乗り移った」という現象。

おそらく、『本体』に見える女もガンネルの一つでしかないのだろう。

どういう身体構造かは知らないが、女を仕留めても、他のガンネルが生き残っていれば女の指揮をそのまま継承できるのだろう。

つまり、一挙にガンネルを殲滅《せんめつ》するしかこの女を倒す術はないということ。

これはルビンの『タイム』だけでなく、レイナの【能力】にも対応している。

レイナの【能力】は世界の時を止める最強の技ではあるが、効果時間が短い。

そして、その時間の中でガンネルを全て破壊するのは不可能だ。

つまり、ルビンたちにこの女を「倒し切る術」はほとんどないと言っていいだろう。

やっかいなことにガンネル自体がいくつあるのか分からない。

フワフワと浮いている以外に一機でも残っていればこの女を倒すことはできないのだ。

向こうから戦闘を中断してくれて本当によかった……。

「――もっとも、時空魔法だけでなく、エルフの使う魔術に対してもほとんどの場合で対抗できるように設計されているわ――こんな風にね」

ガチリと、棺の中にあったボタンを押す黒衣の女。

すると、

ガシャガシャガシャガシャガシャ!!

ガシャーーーン！

と、内部から大量の鉄の塊や、床や壁がせり出してきた!!

「ひぇ!?」

「ほぁぁあ!!」

ルビンとレイナの近くまで棚が飛び出してきて危うく轢《ひ》かれそうになる。

「こ、殺す気かぁ!!」

「あぅ、ちびった……」

その様子をフフフと笑って見ている女。

やはり、その仕草にルビンはドキリとさせられる。

「うふふふ。重火器の群れよ。火力は大概のことを解決できるわ。エルフだって目じゃないもの」

そう言って物騒に笑うも、この女の美しさは変わらない。

纏っている雰囲気もアンニュイさが醸し出され大人の女性といった感じだ。

ボーッと見惚れるルビン。

「む」

それに気付いたレイナがプクゥと頬を膨らませていたが気付いてませんよ。気付いてませんよ。

「す、すごいですね……。これだけの装備が『時の神殿』に眠っていたなんて……」

ルビンは恐る恐る棚から重火器の一つを取り出すも、その使い方はさっぱりわからない。

「凄いのはアンタの方よ。どうなってるのその身体？　7・92mmをあれ程くらってもう回復してるなんて信じられないわ」

「え？　あぁ、この身体か。……ドラゴンを食らったせいかな？」

ポリポリと傷口を掻くルビン。

少し盛り上がった傷口を上から押すと、固まりかけた血とともに金属辺のようなものがピュッと飛び出し、澄んだ音を立てて床に転がる。

黒衣の女が言うところの7・92mmというやつだろうか？

「まぁ、失った血は戻らないので、少しふらつきますけどね……」

「……悪かったわ。医療器具なら提供するから――それで勘弁して」

そう言って、棚から赤色の『バッテンマーク』のついた白いパッケージを投げる。

しかし、使い方が分からないので、マゴマゴしていると軽くため息をついた女が、パッケージを破り、中からチューブのようなものを取り出した。

そして、丸い小さな塊も。

「抗生物質と造血剤よ。あとこれ」

ブス！

「いだ!!　な、なにを!?」

見れば鋭い針がついたチューブのようなものを無造作にルビンの腕に突き立てる女。

その顔は悪戯《いたずら》が成功した子供のようだった。

「んふふ～。凄い皮膚ね。針が折れそう……。はい。終わり――強化リンゲル液よ」

「あ。ありがとう。あれ？　なんか痛みが……」

不思議と全身を襲っていた数々の痛みがスーっと消えていく。

「その薬剤は痛み止めよ。別に治ったわけじゃないから気を付けて――まぁ、アナタのその身体なら心配なさそうだけどね」

そう言って、ルビンの鼻を軽く弾く女。

どことなく子供にするようなしぐさにルビンが少しむくれる。

「悪かったと思っているのよ……ごめんなさいね。状況が分からないとはいえ、突然襲ったりして」

「い、いえ…………。その、アナタは一体？」

対エルフの兵士だとは聞いた。

聞いた……。聞いたが、それがなんだ？

「私？…………そうね。何と言っていいのか――」

そっと、棺から立ち上がると、黒衣の女はクルリクルリと舞うように歩く。

そして、ルビンの前まで来ると帽子を脱いで芝居がかった仕草で一礼した。

「旧…………人類連合軍兵士であり、最初にして最後のガンネルコマンダー。そして、最古参の新兵。……つまり、おめおめと生き残った、敗残兵——それがアタシ」

パシンと敬礼をした黒衣の女が最後に寂しそうに笑った。

第14話「【タイマー】は、和解する（前編）」

「最後の敗残兵……？」

「イエス《ヤー》」

えっと、

ルビンは、見たこともないポーズ。

多分、軍隊式の敬礼の類だと思われるそれを受けながら言い淀む。

彼女が何者か少しわかった気がするけど、それでどうしろというのだろうか？

そもそも、このダンジョンに来た目的はもちろん、特殊依頼《スペシャルクエスト》というギルドの用事もあったのだが、それ以上に【タイマー】について知るために来たのだ。

少なくとも、旧時代の生き残りに出会うためなどではない────……あ。

「えっと、…………ガンネルコマンダーさん？」

「はいな《ファシュタンドン》？」

軽い調子で返事を返す黒衣の女改め、ガンネルコマンダー（長いな……）さん。

「えっと、ガンネルコマンダーさんは旧時代の生き残りという認識で間違いないですか？」

「…………旧時代というのが、いつの時代を指すのかわかりかねるけど、この施設が現役だった頃にアタシは現役の兵士だったわね」

現役っていつだよ……。

ふーむ……。

施設の正式な名前すら忘れられ、廃墟はおろか遺跡になるほどに時が経っている。

それは彼女にも受け入れがたい話だろう――。

もはや戻れぬほどの過去に、彼女の親しき人々はいなくなっていたのだ。

「その……。俺たちは【タイマー】について調査するため、ギルドの依頼に基づき、この『時の神殿』に来ました」

「はい《ヤー》」

コクリと頷く彼女は事務的に返事をしている。

あの飄々《ひょうひょう》とした様子と、こちらの固い雰囲気。

どちらが本当にガンネルコマンダーなのだろう。

「ええっとー……。が、ガンネルコマンダーさんは、【タイマー】について、何かご存じですか？」

今日会ったばかりの人に聞くのはどうかと思わなくもないが、素直なガンネルコマンダーさんのことだ、聞けば答えてくれるだろう。

「いいえ《ナイン》」

「え？」

しかし、あっさりと期待は裏切られる。

だが、ニコリと笑うその笑顔。

「勘違いしないで。アタシは【タイマー】については知らない。……だけど、アナタが言わんとしていることは分かるの」

「それって……」

ニコリと笑うガンネルコマンダー。

「アナタとその子、『時空魔法』の類を使えるのよね？　そのことについてなら少しは話せるわ」

そう言って微笑む彼女にルビンとレイナは顔を見合わせる。

いや、まぁ……本人がそう言うのならそうなのだろうけど……。

「――それで、その……」

『時空魔法《タイムマジック》』――エルフ風に言えば『禁魔術《タブーマジック》』の一つね」

「そ、そうです！　それです！　俺、言われたんですよ『タイム』が『禁魔術《タブーマジック》』なんじゃないかって――」

ルビンはセリーナ嬢の言葉を思い出す。

そして、それを狙っている怪しき組織についても……。

「エルフの連中……。そうね。時を経てもそこだけは変わらないか……。いいわ、教えてあげる。えっと……」

そっと、棚にもたれかかったガンネルコマンダーがふいに首を傾げる。

「ルビン。ルビンです。俺はルビン・タック。そして、この子が――」

「レイナ。レイナです」

消え入りそうな声でペコリと頭を下げるレイナ。

どうやらガンネルコマンダーに少し苦手意識があるようだ。人見知りを発動しておる――

まぁ無理もないけど……。

「そう。ルビンにレイナ。よろしくね——アタシは…………」

ガンネルコマンダーは何か言おうとして中空に視線を彷徨《さまよ》わせて、急に忙《せわ》しなく動き始める。

「あ、あら。どうしようかしら？　な、名前——……ど、どうして名前がログにないのかしら？」

——は？

「え？」

名前がないってこと……？

「それは旧時代に風習とかそういう……」

「んなわけないでしょ。ガンネルに意識を共有する時に一度リセットしているせいかしらね。ま、どうでもいいわ。好きに呼んでちょうだい」

えー。

そんな適当な……。

「じゃぁ、ガンコ――」

「略したらぶっ殺すわよ」

あ、さーせん。

何か知らないけど、ガンネルコマンダーを略したらとても怒られた。

「でも、呼びにくいですね、ガンネルコマンダーじゃ――あ」

「そうね……。ん？」

ルビンはガンネルコマンダーがもたれかかっている棚に刻印されている古代文字に目を向けた。

幸いルビンにも読める文字だ。

第15話「【タイマー】は、和解する（後編）」

「えっと……エーベルト？」

「……あぁ、武器のメーカー名よ。エーベルト工廠《こうしょう》、良質の武器を作るドワーフたちの技術の結晶。見た目のごつさに似合わず、宣伝が得意な会社でね。CMに出てくる女の子が可愛いのよ」

そう言うと懐かしそうに目を細めて、棚に刻印されたエーベルトの名前を撫でるガンネルコマンダー。

ルビンたちにはわからない過去があるのだろう。

「いいわ。エーベルトで結構よ。エリカ・エーベルト。名前の由来はこの武器とCMソング『エリカ』から。どう、可愛いかしら？」

そう言って、棚から取り出したごっつい武器を手にニコリと笑う。

どこからともなく、件のCMソングとやらが流れてきそうな気がした。

エーーーリカ♪

エーーーリカ♪

そうして、ガンネルコマンダー改め、「アタシの名前は、エリカ・エーベルト」と改めてルビンに名乗るのだった。

「可愛いかしら？」

2回目。

「──可・愛・い・か・し・ら・ん？」

3回目。

「…………え？」

「…………へ？」

ニッコリ。

「──可・愛・い・か・し・ら・ん!?」

「…………………あ、はい」

「…………………あ、うん」

何だろう凄い圧を感じてとりあえずコクコク頷く。

ルビンとレイナは返答に困って笑って誤魔化す。

「あはは。ありがとう。それでは改めまして、エリカ・エーベルトと申します。以後お見知りおきを──我が主《マインヘァ》」

そう言ってルビンの手を取るエリカ。

「──────は？」

「え？」

「え？」

レイナとエリカが首を傾げる。

レイナは意味が分からず。

エリカも意味が分からず。

「今、なんか変なこと言いませんでした？」

ルビンが一番意味が分かっていない。

「……………私の主ですよね？」

「…………だれが？　誰の？」

エリカは不思議そうに自分を指さし、その指をルビンに向ける。

アナタは私、私はアナタ――――。

「え？」

「え？」

「え？」

コノヒトハナニヲイッテルンダロウカ？？

…………。

「「えええええええええ!?」」

驚愕するルビンとレイナ。

そして、エリナ――――って、なんでやねん!!

何でお前が驚いとんねん!?

「あんた、何言ってんの？　バカなの、死ぬの!?」

「は？　え？　バカじゃないし、死なないけど!?」

いーや、バカだ。

まごうことなきバカだ。

死なないのは事実かもしんないけど、バカだ!!

「絶対バカでしょ？　あんた、さっき俺に顔面を半分以上吹っ飛ばされてたんだぞ？　そして、俺の体中に穴という穴を!!」

「穴、穴言わないでよ、いやらしい」

「え？　お兄さん、エッチなの？」

エリカがいやらしいとばかりに身体を抱えてルビンをジト目で睨む。

そして、何故かレイナまでルビンをジト目……。

「いや、なんでやねん!!　なんでそんな目で見られなあかんねん!?」

つーか、レイナちゃんは空気読め!!

そんで、エリカ。

「ばーか。お前バーカ」

「んな!?――この超絶美女に向かってなんて口を！　もう、時空魔法について教えてあげませんよ!?」

「あ。そーいうこと言うんだ？　あーそう。へーそう」

いいよ？

別にいいよ？

「どうせ大したこと知らないんでしょ？　何年前の知識だか～」

へへーん。とルビンはエリカをおちょくるようにしてさっさと部屋から出ようとする。

もういいや、ここ。

調査終了。

ギルドには残念な女が一人眠っていたと言っておこう。

そして、再封印。

二度と開けない――――――ガシィ!!

「待って、ちょっと待ってぇぇええ!!」

ガバチョと腰に抱きつかれるルビン。

この人、エリカは女性なのに、凄いパゥワーです。はい！

「ふんぎぎぎぎぎぎ……！　待たぬ。待たぬぞぉぉ」

「待て、待てって言ってんでしょぉぉお！」

ギリギリギリ……。

時の神殿の最奥で、低レベルな攻防が続く。

レイナはそれをオロオロと見守るばかり。

エリカのガンネルですらそれには手を出さず――――……。目が合ったような気がしたレイナとガンネルがペコリと挨拶を交わし合っていたとかなんとか……。

「一緒に連れてってぇぇえええええ!!」

「……………………他を当たってくれ」

第16話「【タイマー】は、頭を抱える」

「……で、連れ帰ってきたと？」

「あ、はい」

ところ変わって、ギルド受付。

頭を抱えたセリーナ嬢が天井を仰ぐ。

「ルビンさん、アナタね、ソロになってから調子に乗ってません？　あ、もうソロじゃないですけど……。ロリっ子連れてきたり、パツキンのボインなおねぇさんを連れてきたりと……」

チラリと視線を寄越すセリーナ嬢。

その先には興味深そうにギルドをキョロキョロしていらっしゃるガンネルコマンダーこと、エリカの姿。

うん……。思った通りめっちゃ浮いてる。

美人は美人なんだけど、あの黒衣と黒帽子は何とかならないのだろうか。

本人曰く、防弾防刃防煙防炎防カビｅｔｃ．のスーパー繊維でできているのだとか……。

なんだよ、防カビって！

っていうか、セリーナ嬢——!!　パツキンのボインとか古いな、おい！

「い、いや〜……成り行きというか。ぶっちゃけ凄く嫌だというか——」

ドカーーーーーーーーーン!!

「誰をナンパしてんのよ、このスカポンタン!!」

「あだだだだだだ！　ナンパじゃねぇえ‼」

「ちょ、兄貴ぃぃぃい！」

さらに頭を抱えるルビン。

さっきからこんな調子で小さな騒ぎを起こしまくっている。

今のはなんというか、チンピラA、Bがエリカに絡んできたのを過剰防衛で撃退したところらしい。

ガンネルを使わないだけましだけど、それにしたって手加減しろよ、おい。

「ルビンさん。ギルド内のトラブルは――」

「いや、待って！　俺のせい？」

「連れてきたのアンタやん」

「あ、はい」

やばい……。

セリーナ嬢の目が怖い。

「まぁ、事情が事情ですので大目に見ましょう。一応特殊依頼の範疇でもありますからね」

はぁ、とセリーナ嬢はため息をつきながら職員を呼び、エリカを見守って疲弊したレイナを別室に案内する。

っていうか、最初からそうしてくれ。

「……ですが、面倒なことになりましたね」

「う……」

セリーナ嬢はルビンの報告をまとめた調書を一枚一枚確認しながら言った。

特に、

「――ここですね。このエルフ文字の警告文。これは以前の調査ではなかったと思いますが、今になってなぜ……」

「え、えぇ。これだけを見ると、あの『時の神殿』――エリカ曰くエーベルト工廠《こうしょう》の一部だそうですが……」

「古代の工場ですか……それも、現役で稼働する――」

頭を抱えるセリーナ嬢。

本来、新しい技術を発見できるチャンスでもあるので、喜ばしい情報なのだが、懸念事項が一点。

「そして、エルフが管理する施設……参りましたね」

「やっぱりまずいですか？」

まずくないわけがないんだろうけど。

「まずいです。滅茶苦茶まずいです……。連中がエルフ文字で警告を残しているということは、本来人間を警告対象にしていないということです。本当に人間に警告するつもりなら、外交筋を通すか、もっと厳重に警護しているでしょう――」

そりゃそうだ。

「ですが、それもなく。ただ単純にエルフという同胞に対して近づくな――と警告しているということは、彼等にとっての禁忌なのでしょう。そして、人間ごときには絶対に破られることがないと高を括っていたということです、それを……」

「そ、それを俺が暴いてしまった……？」

「えぇ」

はぁ、とため息をつくセリーナ嬢。

しかし、それを言われても困る……。

たしかに【タイマー】のことを知りたいと思ったのはルビンではあるけど、これはギルドからの依頼なのだ。

「――正直言いますと、エルフ文字の警告があるなら手を出していませんでした。しかし、確かに以前はなかったのです――……つまり、あそこには定期的にエルフが出入りしているのでしょう。恐らくは施設の維持や補修のために」

「ま、マジっすか……」

何のために？

……決まってる。エリカを封印するためだ。

そう、あの『時の神殿』を出る時にエリカは言っていた。

第17話「【タイマー】は、回想する」

※　ルビン回想中　時の神殿を出る少し前のこと　※

それは、唐突に戦闘が終わったあと。
血の気を失い青い顔をしたルビンと、何度かちびったレイナが顔を見合わせている。
「(ど、どうするの？)」ヒソヒソ
「(ど、どうしよう？)」ヒソヒソ
エリカとの戦闘を終え、無理やり同行を認めさせられたルビンたち。
「(つ、つれて帰るしかないよね)」ヒソヒソ。
「(反対したら怖いもんね……)」ヒソヒソ。
——うう、嫌だなぁ。
ゲッソリした顔のルビンをレイナがイイ子イイ子で慰めてくれる。
うん、レイナちゃんはイイ子だね。
……んで、こいつ。
「ふんふ～ん…………ふんふ～～～ん♪」
調子外れの鼻歌を歌って上機嫌なのは、エリカただ一人。
「はぁ……」
それを背後に聞きながらげんなりしたルビンが先頭に立って歩いているのだ。

その横には、ちっこいレイナがちょこんとくっついている。

——彼女はチラチラと後ろを気にしていた。

まー。そりゃそうだろう。

無茶苦茶浮いた格好をした金髪美女が散歩でもするかのようにダンジョンを闊歩しているのだ。

「(あの格好で街に行くのかな?)」

「(た、たぶん……)」

その言葉に、

「何年ぶりかしら、外に出るのって——あ、でも眠ってたから、まるで昨日のことみたいなんですけどねー」

あはははー、と笑うのは黒衣の女改め、エリカ・エーベルト。

無茶苦茶浮いた格好と、見たこともない装備の数々。

そして、周囲をプカプカ浮いているガンネル。

やだよ。

俺やだよ?

こんな人連れて街に帰りたくない…………。

「いやー。聞けば、とっくに戦争なんて終わってるって言うじゃない? 負けたのは悔しいけど、平和が一番よねー」

いぇーい、ラブ&ピース！

とかなんとか、意味不明なことを言いながらエリカはとても上機嫌だ。

一方で、ルビンはゲンナリしつつ、ダンジョンを引き返している。

結局押しに負けてしまい、同行を許可するしかなかったのだが、一応ギブ&テイク。

どちらも知り得る情報をすべて提供するということで同行を――あくまでも一時的な同行を認めた。

一時的に……だぞ!!

そうして、ちょっと前には準備を終えるのを待ってやることにしたのだが……。

このエリカのクソボケカス女。部屋中の武器という武器をガンネルに詰め込みやがった。

そうかと思えば、ガンネルだけでなく、自身の黒いコートの下にもたっくさん！

聞いたことも見たこともない武器を、ゴッテリ装備している。

なにかね？

どこかと戦争でもする気ですか、この人……。

しかも、まるで重さを感じていないらしい。

なんでも、コートのポケットなどは異次元空間になっているんだとか……。うん、わからん。

エリカ曰く、何でもかんでも入るわけではないが、圧縮された空間になっていて見た目以上に積み込めるらしい。

いや、だからといってね……。

部屋中の武装を全て持ち出すとは思っていなかった。

そうして、こうして、渋々エリナの同行を認めつつ、ションボリしたルビンが元の――遺跡と化した『時の神殿』に入り口に戻ってきた。

ここがつい最近まで最奥と思われていた場所。

……できればそのまま最奥であってほしかった。

「へー。ガンネルを通して見たけど、なるほどねーこりゃボロボロだわ」

そう言って『時の神殿』とエリカの眠っていた工廠《こうしょう》の境を手でなぞる。

ルビンはその様子をチラ見しつつ、街に連れて帰ってからどうしようか頭を悩ませていた。

だってそうだろ!?

まさか、『時の神殿』に、こんな残念な美女が眠っているなんて誰が思うだろう。

というか、この女は結局何者なのだろうか？

情報を全て提供するというのでそれとなく聞いてみたんだけど、エルフでもドワーフでも、アンデッドでもないらしい。

彼女は頑として自分は「人間」であると言い張っていた。

顔面に大穴が開いて生きていられる人間がどこにいるんだか……。おまけに死なないし、超回復するし。

そして、強いし………。

もっとも、人間云々といえば、ルビンだって大概なもの――今や人間離れした人間の筆頭ではある。

ルビンは、ドラゴンの血肉を受け入れたおかげで身体は頑丈そのもので、しかも「タイム」

まで使えるのだ。

……自分で言うのもなんだが、ちょっとやそっとの敵など物の数ではない。

だが、それでもこの女――エリカには敵わないだろう。

なにせ、戦闘の前にはルビンの中のドラゴンの血肉が怯え、

おまけに、『タイム』やレイナの【能力】にすら対抗してみせたのだから。

エリナ曰く、

『対エルフ』に特化した、無敵の敗残兵。

それが『ガンネルコマンダー』エリカ・エーベルトだ、と。

それならばそれで、彼女が一体何の目的で作られ、今まで眠っていたのか――聞きたいことはたくさんある。

……あるんだけど、「ふんふ～～～ん、ふんふふ～～～ん♪」とご機嫌なエリカの姿を見ていると頭が痛くなる。

ただでさえダンジョン都市では悪い意味で注目されているのに……。

せめて街に着いたらもう少しマシな格好をしてもらおう。

黒衣に黒帽子は目立つ。

無茶苦茶目立つ。

目立つからせめて大人しくしてて――。

「なぁ、エリ」

「あら…………」

少し静かにしてくれと言おうと振り返ったルビン。

その声が途中で立ち消える。

あれ程上機嫌だったエリカがふと真面目な表情になり、ダンジョンの壁をなぞっていた。

「あ、それ——」

「エルフ《エルフェン》…………」

所々に殴り書かれたような文字。

そして、後付けの設備……。

あ。

ま、まさか!!　この設備——。

「そういうことか……あいつらッ——」

「え、エリカ——まさか」

スっと、文字に冷えた目を向けるエリカ。

彼女は文字や壁に備え付けられた器材に触れる。

「ふふ。連中……。施設ごと、時間を止めたのね」

そう言って壁に備え付けられた端末に手を伸ばすと、ガンネルが一機フワフワと前に出て、
触手のようなものを伸ばした。

『ピ——ガ、ザザザ、ガ、ビーーー』

それが端末に侵入すると————ボンッ!!　と小爆発を起こした。

「うわッ」

「ひゃッ」

驚いた二人が跳ねるのを冷ややかに見ながらエリカは言った。

「なるほど、概《おおむ》ねの状況は摑んだわ。…………アタシがここに閉じ込められて約千年は経ってるわね。それ以上はこんなしょうもない端末じゃわからないわ」

そう言って、メキメキと力を込めて端末の残骸を粉々にしてしまった。

「せ、千年⁉　誰に？」

「ふん。そんなの、エルフの連中に決まってるじゃない。エーベルト工廠の動きを察知して、この施設ごと時間を隔離したんだわ。……でなければアタシが黙って負けるはずがない」

そう言って端末の残骸をポイっと投げ捨てる。

「この先にもトラップがたくさんあるみたいだけど、どうやらこれもエルフの仕業ね」

「え⁉　これが⁉」

ダンジョン由来のトラップだと思っていたのだが、どうやらそうではないと言う。

そもそも、ここがダンジョンだったのかどうか……。

「うふふふふふ。おもしろぉいじゃなぁい！　そーんなにアタシが怖いのかしらエルフ――」

シャッ‼　と、貫手《ぬきて》を放ち、壁に刻まれたエルフ文字をかき消すエリカ。

そうして、獰猛《どうもう》な笑みを浮かべると、

「ふふふ。今世《こんせ》も楽しそうじゃない？――連中は、今ものさばってるのね」

ふふふふ。

あはははは！

あーはっはっはっはっはっはっはっはっ!!

エリカは高笑いすると、道中のトラップを腕力でねじ伏せあっと言う間に神殿の外へと行ってしまった……。

そして、今に至る。

※　回想終わり　※

「――というわけでして……」

「今すぐ埋め直してこい!!」

何故か、セリーナ嬢に罵倒されたルビンであった。

第18話「【タイマー】は、パーティを組む（前編）」

「う、埋め？…………いやいやいや無理ですって!!　エルフとの揉め事の種だってのは分かるんですけど――」

「いや、分かってて、何《なぁん》で連れ帰ってきちゃうんですか!?」

もう一度封印しましょ、そうしましょ!!

そう言って、勢いよく立ち上がったセリーナ嬢。

だが、言わせてもらおう。

「――無理。絶対無理!!」

「はぁ!?　何言ってるんですか？　あの人がここにいたらエルフが何をしてくるか!!」

いや、そうなんだけどね。

「た、たぶん、あの人《エリカ》には誰も勝てません」

「はぁ!?」

いや、はぁ――って、あんた。

「いや、その……。エリカさん。メッチャ強いです」はい。

「え？　ええええ!?　る、ルビンさんより？」

「は、はい……。多分、ギルド全員が束になっても勝てませんよ」

これは本当だ。

初めて対峙した時のエリカは、間違いなく本調子ではなかった。

……そう。あれで本調子でなかったのだ。

戦闘中も、調整がどうのとか言っていたし、
実際、寝起きで全力で戦えるはずもない――。

そして、あの時の彼女にはある程度の手心もあった。

「そ、そんなバカな……!? い、今のギルドの最高戦力はアナタなんですよ!?」

「ええ!? 最高戦力ってそんな……」

「しょーもない謙遜してる場合じゃないですよ!! あの人が暴れ出したら、誰も手に負えないッてことじゃないですか! そんな人を――!!」

しょ、しょーもないって……。

「う……」

今さらながらとんでもないことになってきた気がする。

一応、エリカにはそういったことをする気はないと聞いてはいるが……。

何がどうなって気持ちが変わるか分かったものじゃない。

マジでどうしようと、ルビンが冷や汗をダラダラ流していると、
とつぜん、

「がおー! 人類滅ぼすーっ……てか? 言わないわよーそんなこと」

エリカが話に割り込んできてビクリと震えるセリーナ嬢とルビン。

「ひぇ!?」

「ひょ!?」

「そんなビックリしないでよ。あんまし待たせるから退屈してきちゃった」

そう言ってレイナと手を繋いで狭いカウンター席にグイグイと。

「ちょ、ちょっと！　エリカさん狭いです！　ケツ圧がぁ！」

「エリカでいいわよ、主《マインヘァ》」

あ、

「主《あるじ》ぃ!?」

エリカの言葉に眉を吊り上げたのはセリーナ嬢。

「いやいやいや！　違う違う！　変なこと想像しないでよ!!　違うから……！」

「ロリっ子の次は金髪お姉さんとか、ルビンさんちょっと見損ないましたよ」

「だーかーらー!!」

ジトーっとしたセリーナ嬢の視線を受けつつ、ルビンは憤慨する。

なんなのよ！

勝手に人の属性増やさないでよ!!

「——んふふふ～。寄る辺なきこの身は主に捧げましょう……ってね。どうせ、身元不明だしいいでしょ？」

飄々《ひょうひょう》と言ってのけるエリカはその豊満な身体をルビンに押し付ける。

それをムッとした目で見ているセリーナ嬢と、エリカの膝の上にちょこんと座っているレイナ。

「はぁ……。えっと、エリカさんと言いましたか？」

「エリカでいいわよ。お嬢ちゃん」

「お、お嬢ッ……。コホン」

セリーナ嬢は一瞬、ビキッと額に青筋を立てるが、すぐに平静を取り戻し、

「まずは、はじめまして。私、当ギルドのマスター代理を務めているセリーナと申します。以後お見知りおきを」

「あいあーい」

軽い返事のエリカ。

「そして、ルビンさんを担当するギルド職員でもあります」

「ふむふむ？」

「な、なので——え～っと、ルビンさんの相方を務めたいというのであれば、いくつかお聞きしたいことがあるのですがよろしいですか？」

「どーぞぉ」

終始この調子だ。

セリーナ嬢はじっとりと汗をかいているのを誤魔化しているが、その実かなり緊張しているらしい。

まぁ、無理もない。

ギルド最高戦力と評したルビンが勝てない。と言い切った化け物女と話しているのだ。

なにかが間違えばギルドが吹っ飛んでもおかしくはない——と考えているのだろう。

「ま、まず。このギルドにて冒険者登録をしていただきます。そうすれば、身分証が発行され

て、街で暮らすことに不都合はないと思います」

「あーい」

そう言ってエリカは差し出された書類に無造作に書きつけていく。

存外きれいな字でエリカ・エーベルトと記入。古代文字だが、別に文字の指定があるわけではない。

それ以前によく書類が読めたものだ。

ルビンが変なところで感心していると、その視線に気付いたエリカがウインクをしてくるので柄にもなく照れてしまった。

「え〜っと、古代文字ですね。エリカ・エーベルトさんでよろしいですか？」

「イエス《ヤー》」

そう言って素直にセリーナ嬢の質問に答えていくエリカ。

次々に書類の確認事項が「レ」点で埋まっていく。

その様子にセリーナ嬢が嫌そうな顔で唇を噛んでいた。

どうやら、書類不備を口実に追い返したい様子……。

だけど、悲しいかな。

元々荒くれ者でも登録できるようなシステムになっているのが冒険者登録だ。

普通に答えていれば特に問題なく登録できてしまう。

住所だって必要ないし、なんなら元犯罪者でもお構いなしだ。

それほどに気楽で、そして危険な仕事なのだ。

5年以上この稼業《かぎょう》を続けている冒険者の生存率は聞いて笑っちゃうくらいに低い数字だったりするしね……。

「他には——？」

「い、いい、以上です……」

ガックリと項垂《うなだ》れたセリーナ嬢。

悲しいことに、用紙に記入された内容だけを見るならエリカは普通以上に冒険者の適性があるようだ。

「ぐぬぬ……。ぼ、冒険者登録ありがとうございます。ご説明を、お聞きになりますか……」

ギリギリと歯ぎしりをしながらセリーナ嬢が顔面崩壊寸前で対応している。

しかし、

「いんえ。どーせ大したことないし、いいわー。主に聞けばいいんだし、んね？」

ビキス。

「こ、ここここ、こちらがFランクのライセンスになります……。どうぞお受け取りください」

「あいあーい。ふ～ん？　ちゃっちいのー。んじゃあ、これで主と一緒にいてもいいのね？」

「うぐ。あ、主って……。ルビンさん、本当にいいんですか!?」

(え。何で俺に振るのよ……？)

「え？　なんで俺に振るんですか？」

あ、声に出ちゃった。

「そりゃあ、ルビンさんのパーティですし……」

「…………………………は？」

第19話「【タイマー】は、パーティを組む（後編）」

「はい……？」

ルビンのパーティ？

誰が？

誰の？

「えっとー…………」

何か聞き捨てならないことを聞いた気がしてルビンが口をパッカーと開ける。

だってさ。

一時的な同行は認めたよ？

ほんと一時的。

ダンジョンから街に帰るくらいの距離よ？

だけどね。パーティ組んだら一時的じゃないよね？

それ、もう仲良しこよしだよね!?

「――え、なんで？」

「いや、紹介者欄、ルビンさんになってますし、初回パーティメンバーにも名前載ってますから……」

「あーほんとだ――――って、何を勝手に書いとんねん!!」

ドラゴンの血を使って神速のツッコミ!!

「いやーん！　主のいけずぅ」

「じゃっかましいわッ!!」

ズピシ!!　とチョップをブチかますも、エリカの奴──「テヘ♡」とか、舌を出してメンゴメンゴ。って古いなおい!!

でも、アンタ見た目20代やで？

それ結構な年齢の人がやるとだいぶキッツイで!?…………って可愛いなおい!!

柄にもなく照れまくるルビン。

だって、黒衣を着た女が「てへ、にゃんにゃん」とかやるもんだから、ルビンは顔を真っ赤にして背けてしまった。

痛いやら、

可愛いやら、

ギャップに萌えるやら……、

相当キッツイかと思いきや、無邪気なエリカが想像以上に可愛すぎた。

それを見ていたレイナ。

「ムぅ！」とか、ふくれっ面になったがそれに対抗して、エリカも「むぅ！　ニャンニャン！」とかするから、もうヤバイ……。

「ぐはッ」

も、萌え劇場ですか、ここは!!

「ち……。他所《よそ》でやれ、ターコ」

その様子に、顔面に青筋を浮かべたセリーナ嬢が半ギレで舌打ちをしていたとかなんとか……。

「さーせん……」

「まったく……！　はい。あとはもう好きにしていいですよ。あとできれば目立たないようにお願いします」

バン！　とライセンスをカウンターに叩きつけつつ、パーティを組んだ証明のタグを人数分配るセリーナ嬢。

「あ……はい」

なんか、すんません。

「いーえー!!　目立たなければ、お・好・き・に!!」

主にエリカ、アンタだよ。と暗に言わんばかりに睨みつつセリーナ嬢は締めくくった。

本音では厄介者でしかないエリカを追い払いたいのだろうが、その権限も戦力もセリーナ嬢にはない。

ならば言う通りにして、なるべく目立たず騒がず、冒険者の群れの中に埋没させてしまえ——というのがセリーナ嬢の考えらしい。

それはルビンも同感だ。

しかも、なし崩し的にパーティを組まされてしまった以上、ルビンも無関係ではいられない。

「はぁ……。なんだか最近こんなのばっかりだな」

「んふふ〜。これが今世の仕事なのね——……冒険者か、ワックワクするわね、あ！」

ニコニコしていたエリカがクルリと振り返る。

「んねっ、受付さん」

「セリーナです！」

「細かいわねぇ。……セリーナさんや、なんかこう、ぱぱーん！　とランク上がる方法ないの？　Fって一番下よね？」

「あ!?　あるわけねぇ……ないでしょう！――まぁ、もっとも、こういった高等問題が解ければ別ですけど」

ニッコリと笑ったセリーナが、Cランク相当を認める筆記試験を取り出し、これ見よがしにヒラヒラと――。

どうやら、ギルド憲兵隊が持ち込んだ新規のテスト問題らしい。

それを、できるものならやってみろと煽《あお》――。

「ふーん、貸して。やるから」

それだけ言うと、セリーナ嬢の返答を待たずに用紙をひったくるエリカ。

「ちょ！　何を勝手に――そんなに簡単に……って」

「あーい。これでいい？　これだけ？　他にはないの？」

ポイと押し付けるようにして用紙を返したエリカ。

それを反射的に受け取ったセリーナ嬢は、最初は迷惑そうな顔から――徐々に青ざめ、そして、何度も答案と答えを見比べると……。

「う、嘘……。あ、合ってる…………ぜ、全問正解」

へなへなと椅子に沈み込むセリーナ嬢。

よほどこのギルドの筆記試験に自信があるのだろうか？

ルビンから見ても大したレベルじゃないと思うけど……。

「ん？　これでCランクなの？　楽勝じゃない!?――あはは。次行ってみましょうよ、次つぎぃ！」

いや、冒険者稼業ってそういうのじゃないから……って、あーーーーーーー!!

ルビンの首根っこを引き摺ってズルズルとギルドの奥に。

何故かセリーナ嬢も脇に挟まれている。

「ちょ、ちょぉぉお！――放しなさい！　はーなーせー!!」

ギャーギャー騒ぐ二人を尻目に上機嫌のエリカはギルドの実技試験会場に乗り込むと、無理やり実技試験を開始してしまった。

たまたま、ギルド憲兵隊が練習をしていたので、そいつ等を試験官に――――……。

「倒せばいいのねー？　何人？」

「あ、ひと――」

ドカーーーーン!!

「あーーー！」

「化け物じゃぁぁぁ！」

腕利きのギルド憲兵隊の試験官たちが一瞬で薙ぎ払われたのは言うまでもない……合掌。

そして、あっという間にBランクの称号を得たエリカであった。

「なに、なに？　楽勝じゃーん！」

あはははははははははははは！

ギルドに残念美人の高笑いが響いていたとかいなかったとか……。

ちーん。合掌……………。

第20話「エルフは、時の崩壊を知る」

ギルドにてエリカ・エーベルトが無双していた同時刻の『時の神殿』の最奥。

『こっちだ！　急げッ』

『わかってます。それより、トラップの解除信号は送ったんでしょうね？』

フードを目深《まぶか》にかぶった人影が二つ。

猛烈な速さで『時の神殿』の中を駆けていた。

『当然だ！』

『班長はたまに信用できないんですよ！』

『なにぃ!?』

それは慣れ親しんだ動きで、まるで自分の庭を闊歩するかのよう。

あれほどあったトラップは一つとして起動せず沈黙している。

『な!?　ど、どういうことだ？　トラップの信号のほとんどが死んでいるぞ？』

『馬鹿な!?　魔術コーティングを施されたトラップですよ!?　ドラゴンが踏んだって壊れやしないものを――……あッ』

キキィ!!　と急ブレーキをかけて止まる人影。

その拍子にフードがはだけて色白の顔が露わになる。

青い瞳に薄緑の髪の青年。その耳は笹のような形をしていた。

『おい、急に止まるな――な！』

同じくフードのはだける人影。

彼も同じく、笹耳の――……エルフだった。

『な、なんだこれは……』

『施設がぶっ壊れてる……!?』

二人のエルフの目の前には広大な『時の神殿』の通路が広がり、そこを護るように配置されていた多数のトラップが無残にも破壊されていた。

そして、視線の先。

最奥と言われていた一枚の扉があった。

何年も閉ざされた扉――……何人たりとも立ち入らぬように。

『ぐ……。ばかな、開錠しているだと？』

『班長、これを――』

そう言って奥に進んでいったエルフたちが発見したもの。

それは破壊しつくされた端末の残骸で、周囲には破壊されたであろう、機械や壁の素材に加えてトラップが散乱していた。

『い、一体何が……』

『もしや、例の遺物が？』

二人は顔を見合わせる。

『馬鹿を言うな！　アレは中からは絶対に開けられん！　そういうものなのだ！』

『し、しかし現に……！　はっ!?　もしや、我らに裏切り者が――？』

顔を驚きに染めるエルフの青年。

『それこそありえん……！　ここを開錠できるのは、時空魔法の――』

「「へぇ……。やっぱりいるんだ、今世のエルフにも時空魔法の使い手が――」」

『な!?』

『なにぃ!?』

反射的に武器を抜いた二人。

その目を周囲に向けるも、どこにも人影はない。

いや、そんなはずは!?

と、二人で最奥の扉の向こう、そして、壁に沿ってある暗がりを睨み付ける。

『ど、どこにいる!?』

『班長、ここは一度――』

慌てる二人の背後に、スーーーと、まるで蜘蛛が糸を垂らすように、数機のガンネルが降りてくる。

完全に死角。そして、二人の背後に――。

うふふ。二人は、二人はまぁだ気付かない♪

『はっ！』

『な、うし――』

「「おそぉいん♪」」

ババババババババババババババババババババババババババババババ!!

『ぎゃあああああああああああああ!!』

「ふふふふふふふ」

「「うふふふふふふふふ……」」

「「「あははははははははは!!」」」

あぁ、今世にもいた。

今宵もいた。

ここにもいたぁ♪

「「「エルフがいっぱいいるよー、エルフがいっぱいいるよー♪」」」

あーっはっはっはっはっはっはっはっは！

※　同時刻　※

とある森の奥地にて——。

「司令!!　司令はおられますか!?」

ダダダ！　と足音も高らかに、モルガンが世界樹の森の修練場を駆けていた。

「司令！　ゴルガン司令!!」

名前を呼びつつ、多数エルフが静かに訓練する中を無遠慮に駆け抜ける。

シュ——カァン!!

「ひぃ!!」

その目の前を猛烈な勢いで矢が飛び去り、遠くの的のど真ん中を射抜いた。

「……うるさいぞ、モルガン――何事だ」

そう言いつつも、二本目を番《つが》えると、腰を抜かしたモルガンの頭上スレスレを狙いつつ、遠くの的を再度狙う。

シュ――――カィン!!

凄まじい精度で飛び去った矢はモルガンの髪の毛を数本吹き飛ばし、弓なりの機動を描きながら的に直撃した。

「申せッ。修練場を大声で乱す程の事態なのであろう？」

「は、……はっ！　申し上げます！」

慌てて直立不動になったモルガンは、敬礼のまま回答する。

「さ、先ほど『時の神殿』から、緊急信号を捕捉――……!!」

「ん！　な、なにぃ!!」

その報告に一瞬にして表情をいからせたゴルガンがモルガンの胸倉を掴んで引き上げる。

「と、『時の神殿』だと!?……どういうことだ!?　現地の確認は!?」

「は！　はい！　急ぎ、現地の潜入部隊が急行したところ、例の施設が開錠されていることを確認したとの緊急報告がッ!!」

ば、ば……。

「馬鹿な!?　あそこの施設は向こう10年は維持補修の必要性はないはずだぞ!?」

「は、はい！　ですが、はい！」

はい、はい！　とロクな言葉が出てこないモルガンを投げ飛ばすと、ゴルガンは修練着を脱ぎ捨て、エルフの正装に着替える。

「――話にならん!!　あの男を起こせッ！　今すぐにだ!!」

「は、はいい!!」

それだけを言うとモルガンはドタドタと駆けて行く。

恐らく、監獄に指示を伝えに行ったのだろう。

忌々しいことこの上ないが、あの監獄で眠り続ける、あの男の協力が必要不可欠だ。

「くそ！　今まで何の異常もなかったというのに……！　なぜ今になって!?　おかげであの男・・・の手を借りるはめになりそうだ」

不機嫌そうに、ゴルガンはノッシノッシと足音も高らかに修練場を去っていった。

まさか、
その頃には派遣された現地の非正規戦部隊が全滅していることなど知る由もなく……。

第21話「【タイマー】は、うんざりする」

「いやー。楽しいわねー！　今世も悪くはないわぁ！」

あーっはっはっは！　と楽しげに笑うエリカ。

場所はギルドに併設されている酒場である。

そこで、好き勝手に注文する残念美女の目の前には山盛りになった空の器がこんもりと。

「おい、自分で払えよ」

「んくんく」

モグモグと芋の煮物を食べているレイナの頭をかいぐりながらルビンはジト目でエリカを見る。

「なーに、けち臭いこと言ってんのよー。こぉんな美人が一緒にご飯付き合ってあげてるのよ──あ、おばちゃん、焼き物とエール追加でー」

「あいよー」

あいよー！　じゃねぇよ!!

「マジで俺は払わんからな!!」

一体どれほど食ってるんだか……。

「あによぉ、ケチねぇ。もぐもぐ」

「んくんく。おかわり」

レイナがニッコリと破壊力抜群の笑顔でニパーっと。

それを見たルビンもニッコリ。

「いいよー。おばちゃん、肉の蒸し煮、二人前。あとジュースとワインちょうだい」

「あいよー」

「あ、私も――」

お前はもう食うな!!

エリカはルビンからきつい眼差しを向けられるも何のその。さっそく用意された焼き物をモリモリ食べながら、何かの骨を器用により分けていく。

「さぁて、前菜も済んだし、そろそろお祝いパーティといきましょうか!?」

「あ?」

「え?」

ポカーンとしたルビン。

食べた量と、お祝いパーティとかいう訳のわからないワードにルビンとレイナが顔を見合わせる。

「お祝いパーティだぁ!?」

「前菜ぃぃ??」

ぽかーーん。

「何の祝いだよ?」

「ど、どれだけ食べるの?」

いや、ほんと。

「え？　そりゃあ、パーティ結成記念とBランク昇進祝いに決まってるじゃない。あるだけ食べるわよー」

もっしゃもっしゃ……。

その身体のどこにこれだけの量が入るというのか……。

明らかに胃袋の許容量を超えているはずだが、それでも食べ続けるエリカ。

（いや、待てよ……。コイツ、確か体中に武器を隠し持ってたよな？　なんか異次元空間とかいう技術で……）

え。

もしかして、ご飯も!?

「か、勘弁してくれ……」

「うぅ、なんか気持ち悪くなってきちゃった」

このあとの会計を想像してゲンナリするルビンと、エリカのバカ食いを見て吐きそうになっているレイナ。

「んーーーー。おいしーーーー!!」

しかし、そんな二人に気付くこともなく、幸せそうな顔でモーリモリと食べていらっしゃる……際限なく。

だが、その時。

「あら」

ピクリと身を震わせるエリカ。

「ど、どうした？　は、吐くなよ？」

「あわわわわ。バケツバケツ……！」

ワタワタと慌てるルビンたちを差し置き、エリカの視線が遠くを見つめる。

その目はどこか焦点が合っていなかった。

一体何が……。

「──早いわね。ハエが二匹か。……潰したのはいいけど、ふむ……。コイツ等、元々の任務は別にあったみたいね」

ブツブツと独り言を始めたエリカ。

さすがにその様子を訝《いぶか》しむルビンと、不気味に思ってルビンの背中に隠れるレイナ。

「ど、どうした？　さすがに食い過ぎて馬鹿になったか？　それとも飲み過ぎか？」

「お、お兄さん、この人ヤバいよー」

ガクガク震えるレイナ。

いきなり中空を見つめてブツブツと空気さんとお話しし始めれば、誰だって驚く。

ルビンだって、そんな人がいたら避けて歩くくらいに……。

「ちょっと、何《あに》よぉ？」

ジロジロと見られていたことに気付いたのか、エリカの焦点が戻り、どうやらトリップを脱したらしい。

「だ、大丈夫か？」

「何がぁ？」

「あ、頭大丈夫ぅ？　エリカ姉ぇ」

エリカ姉ぇと、レイナは呼ぶ。

いつの間にかそう言う呼び方に決まっていたらしいが、それはいい。

「別《べっつ》に、頭も、お腹も大丈夫よ――それより……」

ニコッと、ルビンに微笑みかけるエリカ。

「そろそろ、来るわよ――お客さんが」

「は？　客？……そりゃ、酒場なんだから当然――」

「うんうん」

ルビンとレイナは仲良く頷く。

しかし、エリカはニッコリ笑った顔を崩さずに、

「――連中の魔導通信をキャッチしたの。人間も舐められたものね。秘匿化《ひとくか》もされていないわ」

「魔導通信？」

「秘匿化ぁ？」

エリカの言っている意味が分からない。

そして、彼女が言う客も――……。

「そろそろ来るわ。準備なさい――」

「え？」「ほぁ？」

エリカは終始笑みを崩さず、懐からバカ長い鉄の棒のようなものを取り出すと、

「――連中……エルフの非正規戦部隊『高貴な血《ノーブルブラッド》』が主たちを狙っているわ。私の捜索はついでだったみたい。あと、10秒ってとこかしら」

へ？

「エルフに非正規戦部隊……？」

「『高貴な血』――？」

何それ？

エルフに非正規戦部隊がいることはセリーナ嬢から少し聞かされていたけど……。

え？

「武器を構えた方がいいわ。もっとも、主《マインヘア》ならワンパンでしょうけどね。――5《フェンフ》、4《フィーア》」

突如カウントダウンを始めたエリカ。

そして、手に持つ鉄の棒をガチャガチャと操作し始める。

レバーのようなものを引いて、ガシャキ、ジャコンと――。

それに合わせて、酒場の外からもガチャガチャガチャと金属の触れ合う音。

そんな音が冒険者たちの喧騒に混じって――……。

「3《ドライ》、2《ツバァイ》、1《アインス》、0《ノイン》…………お祭り開始《ショウタイム》ッ」

バァアン!!

突如、蹴破られる酒場のドア。

その先には黒い鎧を着たイケメン&美女軍団がががががががが！

「へ？」

「ほぁ？」

「「「「な、なんだぁ!?」」」」

酒場にいた客たちが一斉に入り口を向き、ギルド側からも何だなんだと人が集まってくる。

そして、全ての視線が入り口に向いた時――――。

『いよう、下等生物ども――楽しく飲んでるかぁい♪』

第22話「【タイマー】は、巻き込まれる(前編)」

『いよう、下等生物ども——楽しく飲んでるかぁい♪』

そう言って酒場に乱入してきたのは、黒い軽鎧の上にローブを羽織った、笹耳の男女たちが……。

『ふーふーふーん！——とりあえず、目撃者は全員死んでよしッッ！　やれぃ！』

『『は！　高貴な血筋のためにッッ！』』

バチバチバチバチッッ!!

「な、なんだ!?」

「え、エルフぅ!?」

「おい！　なんかヤバいぞ——に、に、に……」

「「逃げろッッ!!」」

慌ててテーブルから転げ落ちる冒険者たち。

そんな姿を嘲笑《あざわら》うかのように、バチバチバチと、高位魔術の立てる物騒な音を背景に、両手に魔法を発生させたエルフの男女がドドドドド!!　と乱入してきた。

『全部、下等生物だ——構うな！　さぁ、最後の晩餐を食らわせてやれッ』

そして、

ところかまわず発動しようとし————。

「んふふふ～♪」

ひらりと舞い出たのは黒衣の女。一瞬エルフたちが「なんだぁ？」と目を剝《む》くもすぐに興味を失い攻撃動作に移ろうとする。

だがまさにその時――。

『目標は禁魔術の使い手だ！　捜索の用なし、あぶり出せッ!!――総員ッ、撃……』

「あ、発射《フォイエル》ッ♪」

バァン!!

『撃………撃？　撃、うげぇ――えぶッ？』

「からの～？」

キリン、キリンキリーン……♪

「出・落・ち――♪」

ドサリ……。

澄んだ金属音が鳴り響き、それに続いて威勢よく飛び込んできたはずのエルフの一人が顔面の面影を失って床に伏せる。

そこには汚らしい液が撒き散らされ、高貴さの欠片《かけら》もない――……。

『『『な!?　た、隊長!?』』』

魔法をぶっ放そうとしていたイケメン男女軍団が衝撃のあまり硬直する。

そして、全員が揃ったように顔を上げて、そいつを見ようと――。

『や、やりやがった！　この下等生物ッ!!』

あはっ。

「はぁい♪　下等生物代表——エリカ・エーベルトと、愉快な仲間たちでぇす」

シャキンッ♪——ガシャキっ！

ニッコリと笑ってボルトアクション。

初弾をぶっ放したエリカは、優雅にテーブルに腰かけ、エルフたちに軽く一礼。

そのまま重力を感じさせないかのような動きでフワリと舞い、クルリとバク転してテーブルの上に直立し、そのまま、両手の武器をステッキのように軽く回して背中に担い、身体を抱きしめるようにしてコートの中に手を引っ込めた。

そして、

「……今宵はアタシのパーティにお集まりいただき大感謝♪　素敵なサプライズを、どうもどうも、どうも、ありがとう——そして」

ぬぅぅん……！　と、懐から両手を引き抜く。

スー————————ジャキン♪

右手にデカい鉄《大型ライフル》の塊を、
左手にデカい鉄《大型サブマシンガン》の塊を、

「——そして、死ね♪　愚にも劣る、下等なエルフめッッ」

『『な!?』』

『ま、不味い！　伏せろぉぉぉお！』

一人勘のいいエルフがいたのか、エリカの武器を見るや否や身を翻す。

だが、大半のエルフたちは反応できず、そのまま——。

そのまま——。

発射《フォイエル》!!

ババババババババババババババババババババババババババババババババババババッバ!!

『『『があぁぁあああ!!——アビュ』』』

「ひゃあ!!」

「な、なんだぁ!?」

「「「雷じゃぁぁあああ!!」」」

酒場中大パニック。

『ちぃ!!』

ギルドから流れてきた冒険者たちも腰を抜かしていた。

次々と増えていくエルフの残骸!

もう無茶苦茶だ!!

パパパパン!

パリーーーーーン!!

『『『ぐぁぁああ!!』』』

なぎ倒される食器類とエルフたち。

「「「なんじゃこりゃー!!」」」

そして、ルビンたちは……?

「ゆ、愉快な仲間たち——?」

「……たち？」

え？

「──たち、達って……？」

ルビンはレイナを指さし、

レイナはルビンを指さし……。

バババババババ！　と楽しげに武器を乱射しているエリカを見て…………。

「な………」

ぶんぶんぶん。

「ないないないないないないないない!!」

俺、関係ない！

僕、関係ない！

「ないないないないないないないないないないッ！」

ババババババババババババババ!!

「アハハハハハハハハ！　エルフがいっぱいいるよー、エルフがいっぱいいるよー♪」

違う、違う違う!!

こんな人知りません!!

関係ないです。

他人です。

知り合いじゃないですぅ!!

ぶんぶんぶんぶんぶん!!

「ぼ、僕ホントに関係ないからぁぁあ！――逃げるねッ」

「あ、ズルい、レイナだけずるい――って、あれ、どこ!?」

レイナを止めようと手を伸ばしたルビンだが、いつの間にかスルリと逃げられる。

……ということは【能力】を使った!?

「レイナ、待て！」

「やだー!!…………あ」

上手く逃げようとしたレイナの目の前に、武装したエルフが立ち塞がる。

『副長ッ！　今、時空魔法の類似魔力を感知――こ、この子供です！　間違いないッ』

『な、なんだと、その小汚いガキが？…………えぇい、任務続行だ、抹消せよ！』

生き残りのエルフたちが気勢をあげる！

『『はっ！　高貴な血筋のために！』』

レイナが【能力】を使ったのを何らかの方法で感知したエルフたち。

エリカの攻撃でやられた連中を除き、酒場のテーブルなどを盾にして凌いでいた連中がレイナに気付いて襲い掛かる。

『覚悟しろクソガキ!!』

『ぶっ殺せぇぇ!!』

「きゃあ!!　お兄さんッ！」

「れ、レイナ――今行くッ！　タイム、タイムタイム!!」

『な』

『ぎ』

『ご？』

レイナに襲い掛かっていた3人目掛けて、タイムを発動。一瞬にして動きを止める。

かちん、こちん────！

『な！　なんだと!?　き、禁魔術を連射だとぉ!?　おい、能力者が二人もいるぞ！』

『くそ！　3人やられた──全員時空に囚われたぞッ』

『ええい、そいつ等は忘れろ。任務続行だ!!』

わーわーわー!!

「さっせないわよ────♪　汚らわしいエルフは駆除してやるッッ！」

ババババババババババババババババババババ!!

『くそ！　応援を呼べッ！　遺跡調査に向かった連中を呼び戻せッ』

『了解！　魔導通信開きます────がぁ！』

ドサリと倒れるエルフの戦士。

「れ、レイナ今のうちに!!」

「う、うん!!」

一度は逃げようとしたレイナだが今度は素直にルビンの下まで這ってくる。

その頭上をエリカの攻撃が絶え間なく繰り返され、次々にエルフを屠《ほふ》っていく。

「あははははははは！　あははははははははは！」

『くそ！　なんなんだ、あの女は!?　あんなの報告にないぞ!?』

『ふ、副長、撤退しましょう!!　ひ、被害が』

死屍累々となったエルフたち。

エルフはなんとか反撃しようとしているようだが、エリカが滅茶苦茶に撃ちまくっている。

あれで反撃なんてできるわけもないだろう。

『バカやろうッ！　こんなとこで尻尾を巻いてみろ――外交部は俺たちを見捨てるぞ!?』

『し、しかしこのままでは――ワビュ！』

ボチュン！　とぶっ飛んだエルフの青年。

その傍らでは、美人エルフが腹を撃たれてギャーギャーとエルフ語で騒いでいる。

仲間を回復させようとしていたエルフも撃ち抜かれて絶命する。

『くそ！　て、撤退！　撤退ッ!!』

『『撤退だぁぁぁぁあ！』』

『『撤退だぁあああ!!』』

その瞬間、エルフたちが懐から小瓶を取り出し、次々と天井に向かって投げつける。

すると、それらがパリンパリンと割れるたびに、モクモクと煙が溢れ出て酒場を白く染めた。

『『煙伏よしッ』』

統制のとれた行動だ。

『いけ！　あとは俺が殿《しんがり》を務める。負傷者を置いていくなよ!?　死体は焼却しろッ』

『『はっ！』』

パン、パリン!!

ひとしきり煙幕を拡散させると、エルフたちの気配が遠くなった。

どうやら、順次撤退を始めたようだ。

「んふふふふ〜…………。逃げちゃうのね〜ん」

ニコォと、綺麗な笑みを浮かべたエリカ。

その笑顔を見てゾゾゾォと背筋を凍らせる二人。

「え、エリカ。ど、どうすんだよ!?　アイツら何なんだ!?」

「あら？　まだ分からない？――あれがエルフの非正規戦部隊。伝統あるスパイ組織『高貴な血筋』よ。そして、彼らの目的は…………」

ニューっと首を突き出すエリカ。そして、ルビンたちを見回してニッコリ。

「「へ!?」」

「おっとぉ、それまでッ。詳しくはまたあとで話しましょ」

「そ、そんな……! 【タイマー】だって好きでなったわけじゃ――……」

ムチュと、投げキッスを飛ばすエリカ。

「ご名答♪」

「え、エルフが血眼になって襲ってくると……」

言いたいことはつまり――。

あれとかそれとか分からないけど……。

「あらあら、まぁまぁ。なぁんにもわかってないし、危機感ないのねー。んふふ～。そもそも、大昔の戦争だって禁魔術が原因だし、終わったのも恐らくそれが原因だと思うわよぉ？ そして、今世にそれが社会で大手を振っていたら――……」

ルビンとレイナはギューと抱き合い、目を丸くする。

「え、えぇ!? 駆除ぉ!?」

「な、なんで……!?」

はぁ!?

「決まってるじゃなぁい。主たち、『時空魔法』の使い手を捜索――そして、殲滅《せんめつ》するつもりなの。まぁ良くて捕縛。悪ければ見つけ次第、駆除されるわねー」

震えて縮こまる二人に向かって指をクルクル回すと――ピタぁっと止める。

「んふふー」

「だって、逃がしちゃまずいでしょ？」

そ、そうかもしれないけど……。

「じゃ、じゃぁ、何で行かせたんだ？　エリカなら――」

「イエス《ャー》。その通りよ。アタシなら殲滅可能――だから、行かせたの。主ならわかるんじゃなぁい？」

わかる……？

……あぁ、わかるとも――。

エリカ……。

あぁ、この女はまったく本気じゃない。

本気なものかよ……。

テーブルに座ったまま圧倒して見せたかと思うと、それは両手の武器のみ。

つまりガンネルは一騎も使っていない…………。

なら？

ならば、ガンネルはどこに!?

「決まってるじゃな～い♪」

そこまで話したところで、エリカはテーブルから立ち上がる。

思えばずっとこの体勢でエルフを圧倒していたのだ……どんだけだよ!!

「――んふふ～。おバカな子たち……。何で、このアタシが退路を塞がずに放置しておいたと思うのかしらん？」

そうとも。ガンネルは室内には見当たらなかった。

ならば……。

ならば――――!!

「んふふ～♪」

エリカは煙幕の中を平然と歩いていく。

そして、どうやら煙の中で振り向いたらしい。何となく気配でそれが分かったのだが――

……。

「あ、そうそう、主ぃ。申し訳ないけど、一人お願いねー。アタシは外の連中をコロコロしてくるから～ん♪　じゃぁねぇ…………――ガンネルっっ」

へ？

一人……!?

「一人って、おい、待てよ!!」

ルビンがエリカを呼び止めようとしたが、外では銃撃音が響いていた。

――ババババババババババババババババババババババババババババ!!

『『ぎゃああああああああ!!』』

第24話「【タイマー】は、瞬殺する」

――ぎゃあああああああああああ!!

酒場の外では絶叫が響いている。

おそらく、ガンネルに襲われているのだろう。

(エリカの奴、ほんとに容赦ねぇな……)

「お、お兄さん、今のうちに逃げよ！」

「う、うん。そうだね――」

ルビンが惨劇を想像し顔を青くしていると、レイナから逃げようと提案された。

それに一も二もなく飛びつくルビン。

(そ、そうだな)

ぶっちゃけ付き合ってられない――……!

だから、逃げ……。

『逃がすものかよッ!!　この下等生物が！』

ボフアぁぁぁ!!

突如、煙を突き破って一人のエルフが飛び出してきた。

こいつは、エルフの将校!?

『貴様らのせいで、我が精鋭は大損害だ!!　せめて、お前らだけでも――！』

からの――……。

「タイム!!」

『な……!』

かちーーーん!

出落ちで固まるエルフのリーダー格。

「いちいち相手をしてられるか!!　逃げるよッ!」

「う、うん!　あ――」

レイナが踵を返そうとして、ピタリと止まると、

「チョー迷惑ぅ!!……てぇーーーーい!!」

エルフの偉そうなオッサンの股間に強烈な蹴りをゲシッ!!　とブチかました。

コキーーーーーーン!!

さすがに時間停止中の身であるエルフのオッサンは微動だにしないが、気のせいか顔が悲しそうに見える。

見ていただけのルビンでさえ、キューンと、前屈みになり股間を押さえたくなる。

(あ、ありゃ痛ぇわ…………!)

「ニヒヒ!　どんなもんだーい!」

レイナちゃんにはわからんだろうな……。

あのエルフの将校。

…………時間が動き出したら、恐ろしいことに――。

南無!!

「えっと…………」

「ふん！　駆除されてたまるもんかッ！　あっ、ついでだし、これもらっとこー」

おっふ。

レイナさん。

さすが元窃盗団。

凄まじく慣れた手つきで、エルフの装備をひん剝いていく。

高そうな剣に。

短弓。

そして矢筒やアクセサリーに鎧まで。

あ、高そうな服も、腰の物入れも持っていくのね？

ついでに、ピアスも、ネックレスも、……って、下着以外全部ぅぅぅう!?

レイナちゃぁん!?

君ぃぃいいい！　容赦ないねぇぇええ!?

「えへへ。大量♪」

「お、おう……」

すごくいい笑顔をしているレイナ。

うん。スラム育ちは伊達じゃない……。

こんな環境でも逞しい。

酒場中が煙まみれで、冒険者たちが右往左往しているというのに、レイナちゃん形勢を読むや否やせっせと身ぐるみ剝ぎにかかってますよ。

パネェっす、この子！

「ん。行こ？」

「……………………おう」

ルビンの視線の先には身ぐるみ剝がれたエルフ将校が一人、「逃がさんッ」の表情のまま硬直している。

………パンイチで。

やばい。

こんな死屍累々の状況だけど、笑っちゃいそう────……。

「待てごら」

踵を返そうとするルビンとレイナの襟首をグワシと摑む人影が一つ──。

ま、まさか、エルフの残党か!!

いや、違うっっっっ!!

「魔王だ!!」

「誰が魔王じゃ、ボケぇぇぇぇぇ!!」

………………鬼の形相をしたセリーナ嬢でした。

第25話「【タイマー】は、後始末する」

「いやー……はっはっは♪」

大漁、大漁　と意気揚々と酒場に戻ってきたエリカ。

武器を肩に担ぎ、ガンネルを周囲に侍らせながら意気揚々と――。

「たっだいま戻りました～♪――あるぇ？」

ニッコニコとしたエリカが煙幕のベールを払いながら進むと、なぜか正座しているルビンとレイナ。

そして、般若の如き顔のセリーナ嬢が二人に説教をしていた。

その横には硬直したパンイチのエルフの副長が一人。

あー…………。

「…………どういう状況??」

ホワイ、ホワッツ??

「いいですか!?　冒険者ならば、ダンジョンや魔物由来のトラブルはあってもおかしくはないでしょう。それをギルドもいちいち咎《とが》めませんッ」

「はい」

「は～ぃ」

「ですが、もう少し考えたらどうなんですか!!　ただでさえ禁魔術のことでエルフから狙われているかもしれないって情報を流しているのに、よりにもよって『エルフホイホイ』みたいな女を連れ帰ってきて、その日のうちにギルドの酒場で宴会とか、頭大丈夫ですか!! アンタたち！」

「はい」

「は～ぃ」

「『はい』！ は、1回でよろしい!!」

「はい」

「は～ぃ」

「2回言うな!!」

「はい」

「は～ぃ」

「だーかーらー!! あだだだだだ!!」

「はい、ストップ」

話が同じところをグルグル回り始めたのでエリカが止めに入る。

「いっだぁぁぁぁあああ!!」

細い腕で、セリーナ嬢の頭を鷲摑み。

「そんくらいにしといてよね～。我が主《マインヘア》が困ってるじゃん」

「いだい、いだい、いだい!!――って、あ!! アンタねぇぇぇぇ！」

セリーナ嬢は痛がりながらも器用にエリカを睨む。

ブラーンとぶら下がりながらそれはもう器用に。

「あによぉ？」

「『あによぉ？』じゃないわよ、『あによぉ』じゃぁぁああ!!——見なさいよ、この惨状!!　し、ししし、しかも!!」

バァンッ!!

と、エルフの将校を指さすセリーナ嬢。

「ん？　エルフがどしたの？」

「どしたのじゃないわ!!　どうもこうもあるか!!　これ、エルフよ!?　わかってるの!?　これは、外交問題よ、外・交・問・題!!」

あぁもう、とエリカの拘束を振りほどいたセリーナ嬢が顔を覆って泣き始める。

「どーーーーすんのよ、もぉおおおおおおお!!」

「なぁに、大袈裟に言ってんのよ？」

だが、エリカは気にした風もなくあっけらかんとしている。

「どこが大袈裟なのよ!!　どこが!!」

激高するセリーナ嬢にうんざりしたのか、エリカはその頭をポンポンと叩きつつ、

「……主は頭いいって聞いたから確認するけどぉ」

「え？　いや、別に頭は……」

直に言われると否定も肯定もできない。

「お兄さん、頭いいよ？」

「え、あ。う、うん。ありがと」

「イイ子ね、レイナ。──で、聞くんだけどさ。エルフがここにいるのって合法かしらぁ？」

え？

合法……？　合法って……？

あ────……。

「い、いや、そんなはずはない！　エルフが有利のまま終わった戦争だけど。その条約が大昔に結ばれた頃に比べて、今は少しずつ変化してきているはず。そして、中には双方不可侵の決めごとも……れっきとした条約としてある」

「でしょ？」

ニコリと笑ったエリカにつられてセリーナ嬢がヘラッと笑う。

そして、目に焦点を戻しつつ、ポツリと……。

「へぇ……？」

ルビンの話を聞いたセリーナ嬢はピタリと泣きやんだ。

そして、何かを計算するようにブツブツと。

「──そういうこと。コイツ等はここにいることを見られたくないはずよ？　だから、目撃者を皆殺しにしようと無茶苦茶な手段をとってきたし、死体も焼却するつもりよ？　あんな風にね──」

「「あ!!」」

酒場中に転がっていたエルフの死体が次々に発火していく。

まるで油でもしみ込ませた海綿のように勢いよくボウボウと。

「んね？　あーして証拠隠滅の魔術を準備しているということは、バレたくない証拠。ま、それくらい連中も神経を尖らせているのよ？　だからこその『高貴な血筋』……非正規戦部隊の投入だったんでしょうよ」

「うそ……。じゃぁ、エルフからの干渉とかは――」

エリカはセリーナ嬢の縋《すが》るような瞳を流しつつ、「うーん」と天井を眺めると、

「――ないんじゃない？　この時代のエルフの政治体制までは知らないけど、わざわざ非正規戦部隊を送り込んできたんですもの。連中にだって後ろ暗いことがあるのよ」

エリカの話を最後まで聞いたセリーナ嬢はヘナヘナヘナと力を失ってその場にしゃがみ込む。

ペタンと女の子座りでぐったりしたかと思うと、

「よ、よかった～……。戦争にでもなったらどうしようかと」

心底安堵したように涙ぐむ。

よほど不安だったのだろう。

それにしても、エルフが全滅して良かったというのも変な話だが……。まぁ、下手に外交問題にならなくて済んだのはルビンとしても嬉しい話だった。

「よ、よかったですね、セリーナさん」

「うん、うん、うんん…………って、アンタのせいでもあるんですからね!!」

泣いていたかと思うと、いきなりの怒りの表情。

え、えぇ～……そりゃないよ、セリーナさん。

ルビンにだって言い分はある。

「だいたい、特殊依頼《スペシャルクエスト》のことだってギル――」

「ま、もっとも――」

セリーナ嬢に詰め寄ろうとしたルビンの言葉をエリカが遮る。

そして、

「な、なんだよ?」

「――コイツをどうにかしてからじゃないかしらね?」

「コイツ、コイツ」と、コンコンとタイムで硬直したエルフの将校を叩きながらエリカは言った。

第26話「【タイマー】は、とぼける」

「ど、どうにかって――？」

ルビンはグビリと唾を飲み込みながら問う。

「え？　そりゃあ、バラすか埋めるか、煮るか焼くか、しなきゃ？？」

おっふ。

殺す一択ですやん。

しかも、死体の処理まで具体的に……。

「え!?　まさか、ルビンさん殺す気ですか!?　エルフを!?」

セリーナ嬢は飛び上がらんばかりに驚く。

「え？　いや、その……」

周りに黒焦げになったエルフたちの死体があるというのに、今更だよ！　と思わなくもないが、セリーナ嬢はそうではなかったらしい。

「や、やめてください!!　さっきまでは、全員パニックになっていましたし、エルフ側からの攻撃があったのでなんとか言い訳がつくかもしれませんが……」

ざわざわ、ざわざわ。

「（――さすがに人目が多すぎますよ……）」

最後は言葉は語尾が尻すぼみに。

周囲の喧騒にセリーナ嬢が青い顔をしている。

冒険者ならギルドが緘口令《かんこうれい》を敷けばある程度効果が出るだろう。

あるいは、エルフの襲撃自体を訓練だと偽ることもできるかもしれない。

だが、今はまずい。

この騒ぎを聞きつけて街中から野次馬が乗り込んできている始末。

ほとんど人間なので、気にしなくてもいいのかもしれないが——仮にエルフの非正規戦部隊の残党が雑踏に潜んでいる可能性もある。

そうなれば、エルフの副長が囚われ——あまつさえ処刑されたなんてことがエルフたちの本国に伝わりかねないのだ。

いくらスパイ行為で侵入していたとはいえ、大衆の面前で殺されたエルフのことを無視するわけにはいかないだろう。

エルフは元来プライドが高い人種と聞く。

ならば、下等生物と馬鹿にしている人間に同胞が殺されたとなれば何としてでも復讐してくるに違いない。

そうなれば、今度こそ本当に外交問題だ。下手をすれば戦争にだってなりかねない……。

あの世界を焼いたと言われる、歴史の彼方の大戦争に……。

それに、エルフの非正規戦部隊だけが脅威ではない。

野次馬の一般の人たちだってエルフにとっては情報源になるのだ。だから野次馬の前でも迂闊なことはできない……。

「じゃー。どうすんのよ?」

ガシャコ！　と物騒な音を立てる武器を弄《もてあそ》びながら、エリカがセリーナ嬢とルビンの逡巡を看破し鋭く切り込んでくる。

「ど、どうしよう？」

「ど、どうするの？」

レイナも少し状況が理解できたのか、オロオロし出す。

「と、とととと、とりあえず話をしてみませんか？　ルビンさんのこの魔法……？　も、じきに解けるんですよね？」

「えぇ、まぁ、もうすぐ……」

ああ、そういえばそろそろ。効果が解けるころだ。

よくよく見て見ればエルフの将校がピクピクと動き始めている。

もう、いくらも硬直時間は残っていないだろう。一刻も早く決めなければ。

「な、ならまずは対話から始めましょ？　ルビンさん、エルフ語話せる？」

「す、少しなら……発音はだいぶ怪しいですが」

一応は語学も修めているルビン。

ほとんど使ったことはないがエルフ語も習得済み。

「な、なら通訳を――……いえ、ルビンさんも話してみましょう。誤解が解けるかも!?」

「わ、わかりました。ではまずは、誠心誠意話してみましょう。【タイマー】のことも事情を話せば禁魔術を使おうとして使ったんじゃないことも理解してもらえるはずです。レイナだって、普通に暮らしている分には悪さをするわけじゃないし！」

「そ、そうですよ!!　まずはお話しましょ!?　ね！　ね！　ね!!」

ルビンとセリーナ嬢はウンウンと頷き合う。

それを冷めた目で見ているのはエリカ。

「おめでたい子たち……」

「うう……お兄さん。エルフさんを説得するの？？」

レイナが上目遣いでルビンを見上げる。

うぐ……。

「も、もちろんだ！　いくらなんでも無抵抗な人を殺せないよ」

「いやそうじゃなくて……」

え？　違うの??

「なにかあったの――――あ」

「…………うん。多分、説得とか無理ぃ」

そりゃそうだ。

だって、この子……。エルフの将校の身ぐるみ剝いじゃってるもん。

エルフさん、パンイチだもん。

い、言い訳できねぇ……。

し、しかも――たしか、レイナちゃんたら、股間に……………………。

「え？　どうしたんですかルビンさん。凄い汗ですけど――」

「い、いやぁ……あははは。あの、セリーナさん？」

「はい？　どうしました？　早く説得の準備をしましょうよ」

い、いやー……。

それなんですけどね。

「た、多分…………。いえ、絶対無理かもしれません」

「は？」

だらだら……。

ルビンとレイナは物凄い勢いで汗を流す。

そして、セリーナさんも気付いてよ。

この将校の格好に――……。

「四の五の言ってないで早く説得を――」

そして、時は動き出す――。

い゛……！

「い？」

セリーナ嬢とエルフの将校の視線が一瞬絡んだかと思うと――……。

『い゛っだぁぁぁあああああ――ッッッッッ』

第27話「【タイマー】は、更なる面倒事に巻き込まれそうになる」

ああああああああああーーーー!!

絶叫し、股間を押さえて蹲《うずくま》るエルフが一人。

こういう時、普通転げ回りそうだと思うが、そうじゃない……。

そうじゃないんだ。

この痛みは、ズーーーーンと来るのだ。

動けないほどに……。

そう、動けないの——。

エルフの言葉といえど絶叫は分かる。

苦悶も分かる。

泣き声も…………よーくわかる。

セリーナ嬢は至近距離で叫ばれたため、目を白黒させているし、
周りの野次馬の男性は股間を押さえて同じ姿勢。

見ている方も痛いんです、はい。まじで。

『——ああ!!…………ぎ、ぎざまらぁぁあああ！　ごろず！　ぜっだいごろず!!　あがぁぁあああ!!』

血を吐くように絶叫するエルフの将校。

『ゴロズ、ごろずぅぅ!!』と騒ぎ続けているエルフを見て、さすがにセリーナ嬢も説得は無理

だと理解したのか、顔を青ざめさせながら距離をとる。

「な、なんなんですか？　いきなり苦しみ出しましたよ？」

とはいえ、セリーナ嬢は煙幕の中で行われたレイナの急所攻撃については見ていないので状況が分からないらしい……。よかった。

「さぁーナンナンデショー」

「ボクモ、ワカンナーイ」

パクパクとわざとらしくとぼけるのはルビンとレイナ。

それを見ながら声を殺してクスクスと笑うエリカに、のた打ち回るエルフ。

そして、状況が分からずボケーッと突っ立つ冒険者に野次馬たち…………。

うん。

なんじゃこりゃ!?

うん。

なんじゃこりゃーーーーーー!!

ケラケラと笑うエリカと、白々しくすっとぼけるルビンたち。

頭を抱えたセリーナ嬢と、何が何だかよく分かっていない冒険者と街の野次馬ども…………。

もー……。

「どうやって収拾つけんだよ？」

のよ？」

のかな？」

のかしらぁ？」

ルビン、セリーナ嬢、レイナ、エリカ。それぞれの思惑を抱えながら、ギルドの酒場で首を捻《ひね》っていたとかなんとか……。

そして、それを見ていた人影が一つ。

それは以前に、この酒場でルビンを見ていたローブの人物だった。

『ち……。まずいことになったな』

表情はローブの奥に隠れて見えないものの、ポツリと呟いた言葉はエルフ言語。

その人物は、この有様を見て野次馬の影に隠れながらコソコソとギルドを後にするのだが、

仲間たちの遺体が燃える炎の残照で、そいつの顔が照らし出された。

チラリとはだけたローブの中には、色白のエルフの顔があり、まだ年若い青年のものに見えた。

そして、

――――それを見逃すエリカのガンネルではなかった。

フィィィイイン……。

音もなく忍び寄ると、蜘蛛が糸を垂らすがごとく、エルフの密偵の目の前に移動して――――。

ジャキン!!

『ひぃ!?』

「「「エルフの密偵さぁん。逃がすと思ったぁぁあ？？　んふふ～♪」」」

ニョキリと伸びるガンネルの銃口。

『く、くそ……！』

銃口がピタリとエルフに向いた瞬間――……。

「おっと、そこまでだ」

「へへ。舐めんなよ！」

ガン、ゴン!!　と二機のガンネルが立て続けに殴られて地面に墜落する。

「「「なッ!?」」」

そして、

「不可視の衣《ステルスローブ》よッ」

『うわっ』

野次馬の中から現れた人影がローブのようなものをばさりと展開すると――。

「「「馬鹿な!?」」」

スゥと、ローブに覆い隠されたエルフの密偵が姿を消す。

微かに気配はあるものの、野次馬に紛れてもう判然としなかった。

「「「ち……協力者がいたのかしら？　光学迷彩とは厄介だわね――」」」

数機のガンネルが名残惜しそうに周囲を飛び回るが、野次馬の奇異の視線を浴びるだけで逃亡者たちの気配を掴むことはできなかった。

「「「――まぁいいか。おおよその人相はわかったしね。男二人に、女が一人か二人？……全員冒険者装備ね～。んふふ」」」

んふふふ。

んふふふふふふふ!!

あーっはっはっはっはっは!!

それだけを確認したガンネルは、何処か機嫌が良さそうにフワフワと夜空に消えていった

……。

第28話「エルフは、時の番人を起こす」

ところ変わってエルフ自治領の奥地にて――。

深い森の奥にその樹はあった。

世界を覆い尽くさんばかりの大樹。

青々とした葉と、力強く太い幹。

エルフの信仰を集める、森の守り神――世界樹。

そして、その世界樹の根本。

厳重なる警備が敷かれた牙城に、一人の男が飛竜《ワイバーン》にて飛来する。

――ギュアアアア!!

飛竜の鳴き声とともに着陸。

そのまま男は慣れた様子で飛竜ポートに着陸し、係の者に手綱を預けると、わき目もふらず牙城内部へ進んでいった。

『モルガン、奴は起きたか？』

『ッ!?　こ、これはゴルガン司令!?　こ、このような所まで――』

『世辞はいい。結果だけ申せ』

『は！　まだ……であります。ですが――』

『ふむ？』

モルガンは結果を出せなかったことに蒼白になりつつも、ゴルガンを案内するように『牢』

の前まで彼を誘った。

『で、ですが――牙城の担当によりますと、奴の起床の周期からして、もう間もなくだそうです！』

『ほう、私はタイミングが良かったということか』

『はっ！　さすがはゴルガン司令であります』

ズピシと敬礼をするモルガンを適当にあしらいつつ、ゴルガンは牢に入る。

そこは牢と言っていいのかすらわからないほど荒廃していた。

『酷いな……』

強烈に立ち込めるカビの臭い。そして、うずたかく積もった綿埃の山がかなりの歳月を放置されていたことを物語っている。

「かつて」誰かが収監されていたのか、マットレスが腐食し、枠だけになったベッドと、その脇のサイドテーブルには何年前のものか分からない食事が放置されている。

新鮮だった肉はジャーキーに、
柔らかい白パンは乾燥パンに、
瑞々しかった葡萄は干葡萄に、
そして、ワインはビネガーに…………。

『で？　いつ起きる？？』

クイっと顎でしゃくって見せた先には、木枠だけのベッドの上に座禅を組んで座る一人の人物がいた。

この荒廃した牢の中で一人――――……がっしりとした体格の、偉丈夫然としたエルフのおじ様が。

『は！　ほ、本日中であるのは間違いないかと――。見落としがないように、連絡文を彼奴《きゃつ》の前に出しております。いつもはそうやって連絡を試みていると……』

ふむ？

連絡文とな――。

『――これか？　なになに、「至急、連絡をとりたし。起床後、この文を確認したならば番兵に一報せよ、エルフ自治領第二補佐官モルガン」……おい』

偉丈夫の男の前に掲げられていた連絡文とやらを、ピッと固定枠から取り外すと、モルガンに叩きつけるようにして言った。

『お前はアホか!?』

『は!?　いえ、は!?』

ポカーンと口を開けているモルガンに、紙を捩《ね》じ込みたくなるのをゴルガンは必死でこらえる。

『アホぅ!!　こんな内容では、なぜ起こされるのかコイツに理解できんだろうが!!　この男が貴様の稚拙な連絡内容を見て、また寝たらなんとする!?　次はいつ起きる？　ええ!?　言ってみろッッ』

『も、申し訳ありません――す、すぐに書き直します』

そう言ってバタバタと駆けていくモルガンを見送りながらため息をつくゴルガン。

『まったく……。最近の若いのはあんなのばっかりだ!!　うんざりする……』

『………へ。そういうことを言ってるとますます老けるぞ、ゴルガン』

ッッ!?

『き、貴様――バーンズ!!　いつ目覚めた!!』

『くぁ……ん～……。今だ。は、老けたなぁゴルガン』

さっきまでピクリとも動かなかった偉丈夫の男が今や、ツヤツヤとした肌の輝きを持って牢内で伸びをしていた。

まるで、ひと眠りしたと言わんばかりに……。

『ほざけッ！　貴様の刑期はまだまだ先だ!!　そう簡単にここから出られると思うなよ』

『カカッ。怒るなよ、俺にとっちゃ昨日みたいなもんなんだ。しかし、そうだな……アンタがここまで出張《でば》るってのはよほどのことだ。「例の施設」の点検じゃないのか？　いや、そんなしょぼい仕事にアンタが出向くわけないか？』

そう言うと、どっかりとベッドに腰かけ、脇のサイドテーブルに置かれた「食事」に手を伸ばす。

カチカチになったパンを気にもせず、ボリボリと。

僅かに水分の残ったドライフルーツで口の中の唾液を促しつつ、ジャーキーと同時に齧《かじ》る。

最後に口の中の水分を奪われたのを良しとせずに、ビネガーになったワインでグビグビと……。

『お、おい。腹を壊すぞ……』

もはや食べ物とも呼べないそれらを平気な顔をして食べるバーンズにゴルガンは引き気味に言う。

『ぷはー……。で、なんだよ？　刑務労働以外になんかあったか？』

『う…………。そうだ。仕事だ。言っておくが貴様に断る権利などないからな!!　この禁魔術師が！』

ゴルガンは威圧的にバーンズを睨む。

『カカッ！　まぁだ禁魔術指定されてるのか？　ま、言うて俺の手が必要なんだろ？　カカッ。いいぜ、言えよ。どうせ暇してんだ。やることないならまた寝るぜ？　次は……２年か、10年か、１００年か――。俺の刑期の残り、９２０年か？　それまで寝ててもいいんだぜ。…………時を止めてな』

ニヤリと不敵に笑う男。

「く……！」

バーンズ・ホルガー。

かつては禁魔術の研究者であり、時空魔法を究めた人物だ。

彼が率いた部隊は、大昔の人間との戦争では大いに活躍したが、そのあまりにも強大な魔法にエルフたちはそれを禁魔術に指定し、封印することを決定した。

しかし、それに真っ向から反対したのが、時空魔法の第一人者のバーンズだった。

結局は議論は決裂。

バーンズの捕縛を決定したエルフ上層部は、大損害の末、彼の部隊を殲滅し、なんとか捕縛することに成功した。

そして、バーンズは最上級の罪から処刑されることとなった。

とはいえ、……ある事情で彼は処刑されずに懲役刑にまで減刑され、今に至るまで牢に収監されていたというわけだ。

ある事情というのが『時の神殿』に関連することで、それさえなければバーンズはいつでも処刑されるはずだった。

しかし、現在に至るまで解決法は見つかっておらず、おまけにバーンズは時空魔法使い。牢で収監されていようがお構いなしだ。

なにせ収監直後から自分の時間を止めて外部との接触をシャットダウンしていた。

おかげでこちらからの干渉は受け付けず、数年に一度ほんの数分だけ目を覚ますというサイクルを繰り返している。

そのせいか、奴にとっては数千年の刑期などあって無いようなものだ。

たとえ世界が数百年経っていてもバーンズにとっては、せいぜい数日前のこと。

だが、さすがにそれを良しとしてしまうとエルフの沽券《こけん》に関わるということで、バーンズが目覚めるタイミングを見計らって刑務作業に駆り出しているというわけ。

それが――――……。

「どうせあれだ？　『時の神殿』絡みなんだろ？　それともなんだ？　新しい禁魔術師でも出たかー。カッカッカ！」

「ふ……。両方正解だ。働いてもらうぞ、バーンズ元大隊長殿」

「な…………まさか!?」

目を見開くバーンズ。それを見て少し留飲を下げるゴルガンだったが、事態は深刻なのでバーンズの驚愕の表情ひとつで帳消しになるはずもなかった……。

第29話「【タイマー】は、事後処理にとりかかる」

『うぉぉおお!!　出せ！　こら、出せぇぇえええ!!』

ガンガンガンッ!!

『ふざけんなよ、下等生物どもがっぁあああ！　おら、出せぇぇえ!!』

先ほどから響き渡る罵声に、ルビンとセリーナ嬢は辟易《へきえき》しながら格子の前から少し距離をとる。

それで視界から例のエルフが消えたことで少し楽になったのか、セリーナ嬢が服の胸元を緩めてため息をついた。

「ダメです。話になりませんね……」

「え、えぇ。まぁ、あれだけのことをしたあとですし……」

主に、レイナとエリカが、ね。

「参りました……穏便に済ませたいところですが、無理かもしれませんね」

「そうですね……。ですが、どうするんです？　衛兵に突き出した方が……」

少なくとも、ギルドの地下室に閉じ込めておくよりはいいはずだ。

そう、ここはギルドの地下室。

普段は物置に使われている一室だという。

ギルドには牢屋などないのだから仕方ないとはいえ、長期間拘禁できるような施設でもない。

声だって漏れていることだろう。

「そうしたいのは山々ですが……。衛兵隊の身に余る仕事でしょう。下手をすると即日解放されるか——最悪口封じのために殺されるでしょうね」

「え？　そんなに!?」

ルビンは驚いた。

曲がりなりにも公的機関の衛兵隊がそんなことをするのだろうか？

「十分にあり得ますよ。外交問題に首を突っ込めるほど衛兵隊には権限はありませんし、かといって衛兵隊上層部とて責任はとりたくはないでしょう」

つまり……。

「外交問題に発展する前に解放するか——ひっそりと殺すか？　ということですか」

「えぇ、十中八九そうなるかと……」

うーむ。これは参った。

ルビンとセリーナ嬢は昨夜酒場で大暴れをしてくれたエルフの非正規戦部隊『高貴な血《ノーブルブラッド》』……ようするに大規模スパイ組織の一部隊を壊滅に追いやったのだ。

そして、偶然にもその指揮官クラスである副長を捕らえることになったのだが……。

正直、手に余っていた。

まずは、こちらに敵対意思がないことを示し穏便に帰ってもらおうと説得することにしたのだが、諸々の事情で説得不可能になってしまったのだ。

「まいったな……。何日も拘束しておけないですよね？　今日中にも何らかの決定をしないと」

「ですが、相当目撃されています。解放したわけでもなく、エルフがここから出てこないとなると……」

あぁ、そうか。

「――殺害し、死体を隠した……そう思われると？」

「えぇ、そして、ギルドと――……」

「……ルビンさんたちも少し迷っていたようだが、セリーナ嬢は少し迷っていたようだが、

「……ルビンさんたちもエルフに追われることになるでしょうね」

「え？　な、なんで!?　なんで俺たちまで？」

その物言いはギルドに全責任をおっかぶせんばかりのものだったので、セリーナ嬢からジト目で睨まれるも、イマイチ危機感のないルビンであった。

「……はぁ、考えてもみてください。なぜエルフが『ギルド』を強襲したのか。私はエルフの言葉が分からないので彼らが何を言っていたのか知りませんが……」

ジッとルビンの目を覗き込むセリーナ嬢。

「――連中の目当てはアナタですよね？　それと、レイナさん…………ついでにエリカさんでしょうか？」

げ。

バレてーら。

「ナ、ナンノコトデショウカー」

「いや、そーいうのもういいですから。たとえそうであってもルビンさん一人の責任じゃないことくらい重々承知です」

フゥと、額を押さえるセリーナ嬢は、

「正直、ルビンさんが【タイマー】に転職して以来、ここまで物事が拗《こじ》れるとは思ってもみませんでした。もっと早期に何らかの対応をすべきでしたね……。そう例えば――」

ギロリと、ルビンを睨むセリーナ嬢。

「監視もかねて、是が非でもギルドに入れるとか――」

スゥと、腰の護身用の短剣に手を伸ばすセリーナ嬢。

「さっさと理由をつけて拘束して、こっそり殺してしまえばよかったかもですね」

「う…………」

セリーナ嬢から放たれる威圧感に仰《の》け反るルビン。

「――な～んて、冗談ですよ」

嘘つけ。

目が本気だったぞ!?

しかも、今も顔は笑っているけど、目ぇ笑ってないから!!

「あ、あはは。もーセリーナさんったらーー」

「うふふ。もージョーダンですよぉ」

きゃっきゃ。

うふふふふ。

『うがぁぁぁあああああああああああああああ!!』

ドガーーーーン!!

物置の扉を蹴る音が大きくなった気がするけど、気のせいだろう。

セリーナ嬢から、黒いオーラのようなものが見えるけど、冗談だろう。

うん、みんな気のせい。

みんな冗談。

あははははははははははははははは――――……あー、マジでどうしよう。

ガックシと項垂れたルビン。

それを見たセリーナ嬢は目を輝かせると、

「ね？　今からでもギルドに入りませんか？　そうすれば、ギルドお墨付きということで色々融通が利くと思うんですよ。例えば」

「――例えば、王都のお膝元のギルド本部で厳重な監視のもと、ギルドの給金だけで、色々実験まがいのことをされるっていうんでしょ？　ギルドは『転職』の調査には乗り気ですもんねー」

ジロリと睨み返すルビン。

「う……。な、ナンノコトカワカリマセンねー。おほほほ」

目がキョロキョロ泳ぐセリーナ嬢。

この人もギルド第一主義なところがあるからな～……その延長線上に冒険者がいるだけで、

冒険者や——ましてルビンの100%の味方というわけではない。

「とにかく、それは保留です！……いつか無職になった時に考えます」

「(それじゃ、遅いんですけどね) ボソ」

何か言った？

……実際、ギルドがどこまで守ってくれるかは不明だけど、さすがに人身御供《ひとみごくう》としてエルフに差し出しはすまい。

犯罪者ならともかく、ルビンはれっきとした普通の冒険者だ。

しかも、転職神殿の女神のミスのせいで【タイマー】になったのだ。

ただ「はい、どーぞ」と言ってエルフに引き渡すにしては余りにも非情。そして、様々な組織が絡み過ぎて、それぞれの面子が掛かっている。

女神のミスが原因でエルフに引き渡すことになれば転職神殿の信用がガタ落ちに。

何も言われないうちにエルフの圧力に負けて犯罪者でもないルビンを引き渡せばギルドの信用もガタ落ちに。

つまり、みな面子がつぶれることを恐れてルビンに手を出さないはず。……多分ね。

これらのことから、エルフ以外に恐れる勢力はないということになる。現状ではエルフの出方は不明だが、昨日の顚末《てんまつ》をエリカに聞いたところ何名かは取り逃がした可能性があると言っていた。

……ならば、ルビンたちの情報は既にエルフ側に漏れている可能性が高い。

そうでなくとも、すでに非正規戦部隊がかなりの数この街に潜り込んでいる以上、今更知らぬ存ぜぬは通じない。

だが、それゆえ、エルフたちもルビンたちの強さには警戒しているということだ。

生半可な戦力を送り込んでも無駄と気付いている。

「現状、様子見するしかなさそうですね……。エルフ側から何らかのアクションがあるまでは監禁し――徐々に軟禁まで拘束度を落としていくのはどうですか？」

「う～ん……。でも、あの人、言葉どころか、話も通じなさそうなタイプですよね」

それはまぁ……。

下等生物とか言ってたし、エリカに部下を全部殺されてるからなー……。

「とにかく、ルビンさんはまだ街に滞在していてください。依頼を受けることは止めませんが、ダンジョン関連ならなるべく日帰りのものにしてくださいね」

「わかってますよ。通訳も必要でしょうし……。正直、多少は責任も感じています」

主にエリカのことについて。

ルビンがちっとも悪くないにしても――だ。

「多少……ですか。まぁ、元を正せば――いえ、やめましょう。わかりました。一応居場所の確認はするので、必ず報告と連絡だけはしてください」

「はい。じゃー行っていいですか？」

「そうですね。私も戻ります。……彼にはもう少し冷静になってもらいましょう」

そう言って、地下室を離れるルビンたち。

その気配を感じたのか、エルフの副長は更に大暴れをしているが、拘束された状態ではせいぜい足で扉を蹴る程度しかできないだろう。

あとは喧《やかま》しい声……。

――はぁ、気が滅入るよ。

しかし、ルビンもセリーナ嬢もこの時まではまだまだ認識が甘かった。

エルフという種族がどれほど人間を見下し、そして執念深い種族だということに――

……。

第30話「エルフは、出撃する」

『ひゅー……！　空気が旨い！』

『はしゃぐなよ。お前が少しでも逃げる素振りを見せたら、そいつが「ボンッ」だぞ！』

そう言ってバーンズの首に結わえ付けられた呪符《じゅふ》付きのネックレスを示す。

『わぁってるよ。言われたこと以外はしねぇから安心しな。それに、どうせコイツ以外にも色々保険をかけてるんだろう？』

そう言って、粗末な服をはだけて見せると、背中から肩にかけて刺青がびっしりと――……。

『そうだ。分かってるじゃないか――お前は言われた通りに任務をこなせ、そうすれば大幅減刑もあり得る』

『へ。今さら、10年、１００年短くなろうが関係ねーよ。俺の部下ももうこの世にはいない――未練なんて今世にはないのさ』

そう言うと、牙城の屋上に立ち、胸いっぱいに空気を吸い込むバーンズ。

『それよりもどうだい、この快晴――！　世界樹がなければもっと高い空が拝めるんだろうなぁ……』

そう言って、世界樹の葉の間から覗く太陽を眺める。

『世界樹に向かって、不敬だぞ、バーンズ。それにな、くくく……。もっと存分に空を仰がせてやる』

『あん？――っと、これはなんだよ？』

バーンズに差し出された装備一式。

細剣と短弓はエルフの標準装備だが……。

一部、妙な装備が交じっている。

『ふふふ。「空を舞う」には必要だろ？　いいから、身に着けろ――使い方は道々教えてやる』

『使い方って……もう行くのか？　人間の街――今もダンジョン都市というのか知らんが、あそこまでは飛竜を使っても2日はかかるだろうに』

そう言いつつも、与えられた装備を身に着けていくバーンズ。

『ふふふ。まぁ、聞けよ。色々事情が変わってな「時の神殿」は最早ついでだ。それよりもだ――モルガンっ』

『はッ!!』

牙城の前庭からモルガンの声が聞こえた。

実は牢獄にいる少し前から声は聞こえていたのだ。

バーンズは時空魔法の使い手にして第一人者だ。

あらゆる時空魔法に精通しているがために、その弱点も把握している。

懲役刑が決まって以来、自分の時間を止めることで刑務を免れているのだが、しかし、時が正常化した時が一番の弱点であることも知っている。

だから、時間が元に戻る少し前にはジッとして周囲の様子を探るようにしていたのだが……。

『くくく。見ろ。思い上がった人間どもに鉄槌《てっつい》を喰らわせてやる』

『おいおいおい……。また戦争でも始める気か？』

バーンズはゴルガンに連れられて牙城の屋上から眼下を見下ろした。

そこに広がる前庭の光景――。

ぐぁぁぁあああああ！

きゅあああああああ！

ごるるるるるるる！

『ひ、飛竜第一空挺団……』

『ふふふ。古いぞバーンズ。今は規模を拡張して、旅団規模になった。……飛竜第一空挺旅団、通称「スカイレンジャース」だ！』

ごぁおぁあああああああああああ！！！！

一際大きく飛竜が吼える。

眼下に広がった無数の飛竜の群れ、群れ群れ群れ!!

総勢百騎にも上るのだろうか。

よくぞこれだけの……。

『おいおい、本当に戦争を始める気か？　俺はこう見えても平和主義者だぞ？』

『よく言う。あの戦争を複雑化させ、そして、無理やりに終わらせるきかっけを作った「禁魔術師」の一人が……よく言うッ』

ゴルガンの言葉に肩を竦《すく》めたバーンズ。

『――ま、俺は言われたことをやるまでさ。で、そろそろ教えてくれよ。俺は何をすればいい？』

『言っただろう？　厄介なのが現れたのさ――』

バッ！　と手を翳《かざ》すと、一騎の飛竜が舞い上がり牙城の屋上付近でホバリングする。

モルガンが飛竜の手綱を操作しつつ、20名ほどの兵士を乗せた飛竜が牙城の縁に身を寄せた。

そこにゴルガンが悠然と腰かける。

『――そいつらを仕留めるのがお前の仕事だ』

『そいつらって……おいおい、まさか……』

バーンズはおっかなびっくり飛竜の背に乗ると、ゴルガンの隣に腰かける。

『そのまさかよ。――よりにもよって同じ場所、同じ街、同じ時代に現れたのだよッ！』

何が、とはもう聞くまい。

『――ふん、時空を操る不届き物……「時空魔法」使い。いや、【タイマー】がな!!』

『は！…………ははははははは。これは面白くなってきやがったな。――いいぜ、乗った』

ニィと笑う二人の男。

初老に差し掛かるゴルガン司令と、中年と呼ばれる年格好のバーンズ受刑囚の二人が不敵に笑い合う。

そして、二人を乗せた飛竜は舞い上がる。

眼下の飛竜たちも次々に舞い上がる。

バッサバッサと両翼を羽ばたかせて……。

背に背に兵士を乗せて、飛竜は舞い上がる――。

『それにしても、面倒な――……。偶然とはいえ、なにも同じ場所に、時空魔法使いが現れずとも……』

ブツブツと呟くゴルガンに独り言を聞きつつ、バーンズは口角を上げる。

『(……くくく。偶然なものかよ)』

ニヤリと笑うバーンズ。

『……時空魔法使い《タイマー》同士は惹かれ合うのさ——運命に従ってな』

『ん、何か言ったか？』

『いんや。それよりも、分かってることを全て教えろ——。俺がそいつらに本当の「時空魔法」がどういうものか教育してやる』

『よかろう……まずは、「時の神殿」の封印についてだ——』

飛竜の風切り音のなか、ゴルガンとバーンズは現状を確認する。

そして、それを聞き流しつつ笑う男……。

(あぁ、懐かしいね。楽しみだね……。また、世界の時が止まる日が来るなんてな——)

ふふふふふふふふ。

ふはははははははは。

はーーーーはっはっはっはっはっはっは!!

第31話「『鉄の拳』は、悪巧みする(前編)」

ルビンたちは自治領でそんなことになっているとは露知らず。

彼らがギルドに指定された宿屋に引き上げていった頃。

同じく宿屋の立ち並ぶ通りにて。

「はぁ………。なんでアタシがパシリなんて」

ブツブツと不満を零《こぼ》しながらサティラが大きな袋を抱えて街を歩いていた。

そして、とあるボロ宿にスルリと入ると、受付に一言言って階段を上っていく。

ギシギシと喧《やかま》しい階段は今にも抜けそうで、それがこの宿のグレードを如実に表していた。

ちょっと前の『鉄の拳《アイアンフィスト》』の状況からすればあり得ないほどの落差だ。

そして、同じくボロボロの扉を不規則にノックする。

コンコココッコッツコンコン。

「………入れ」

ギィと音を立てて中に入るサティラ。

扉を開けたのはフルプレートアーマーを着込んだ偉丈夫のアルガスだ。

「つけられていないだろうな?」

「……はぁ? 誰がアタシをつけるっていうのよ!」

「ち……どけッ」

「きゃ!」

サティラの反抗的な態度に業を煮やしたアルガスは扉から顔だけを突き出すと廊下を覗き込み、左右を確認した。

ボロ宿の廊下には誰もいない。

「……クソガキ。尾行にくらい気を遣え！」

ドンッと肩を押すと買い物袋を引っ手繰《たく》り、部屋の奥へノッシノッシと……。

「何よアレ、くそぉ……」

涙ぐみながらサティラは腰の埃をパンパンと払い、起き上がる。

そして、最近の自分の扱いを恨みつつ、あてがわれた粗末なソファーにちょこんと膝を抱えて座り込んだ。

その視線の先には、アルガスたち。

買い物袋を漁り、中からパンやら林檎やらを取り出し、適当に分け合っている。

でっかいパンはアルガスが、
艶やかな林檎はメイベルが、
分厚いベーコンはエリックが、
そして、高価なワインは美しいエルフの青年が――……。

「とりあえず、尾行はない。安心してくれ」

「く。人間風情の世話になるとはな……」

苦々しく言う割に、さっそくワインを開けて口をつけている。

「で。その耳よりな情報というのは、なんだ？　ただで助けたわけではないだろう？　見返りが欲しいのか？　いくばくかの謝礼なら――」

「もちろん、見返りは貰う。そして、こっちの情報も渡す」

そう言ってベーコンを齧りながらエリックが偉そうに話し始める。

「どういうことだ？　見返りに情報が欲しい――というならわかるが……」

「ヘッ。こっちも色々と訳ありでね――メイベル」

「はーい」

エリックは、ベーコンを半分千切ると、林檎を齧っていたメイベルに投げ渡す。

メイベルはベーコンを大きな口で噛み千切りながら、

「ルビンたちは、ギルドが斡旋している宿、『狼亭』に宿泊しているわ。女の子一人、長身の美女一人――計３人」

「「ひゅ～♪」」

エリックとアルガスが同時に口笛を吹く。

「へ～。あのクズがいつの間に女を？」

「けははは。一人はガキだってぇ？　そーいう趣味でもあったのかね――――なぁ、サティラ!!」

アルガスはそう言い、半分に割ったパンを思いっきり投げつける。

それを受け止めそこなったサティラがガツン！　ともろに顔面に受けて涙目になる。

「ちょっと～……女の子の顔に酷いじゃない」

「ヘッ。最近、あいつ生意気でよ――まぁいいや、話の続きしろよ。エルフの旦那も気になっているみたいだ」

サティラの恨みがましい視線など意にも介さずアルガスはメイベルを促す。

「あらそう？……じゃぁ、聞いてちょうだい。エルフの殿方が探しているのはコイツ等じゃないかしら？」

そう言って、簡単な似顔絵を描いて見せるメイベル。

……意外と絵心ある。

「な！　そ、そうだコイツ等だ!!　コイツ等が副長を拉致し、部隊を壊滅させたのだ!!　無礼にもほどがある」

その言葉に、エリックたちが内心嘲笑った。

こう思っているのだ――「よく言うぜ」と。

だが、それを顔に出さないだけの自制心は持っていた。そのアルガスでさえ。

「そうですかー。やはりやはり。聞いてくださいエルフの殿方」

そっと、エルフの手を取りニコリと慈愛に満ちた笑みを浮かべるメイベル。

美形を見慣れているはずのエルフの青年でさえ、その美しい表情に柄にもなく赤面してしまうほど――。

「な！　は、放したまえ!!」

一瞬だけ暗い笑顔に顔を歪めたメイベルは笑顔を浮かべる。

「申し訳ありません……あまりにも、アナタの表情が高貴なものでつい……」

心にもないことを言うのに、メイベルは全く躊躇しない。

要は、この間抜けな密偵を丸め込めばいいのだ。

「む……。コホン。人間にしては見どころがあるな。隠そうとしても隠しきれない我らエルフの高貴な血というものが漏れてしまったようだ」

（へ。バーカ）

（これで密偵かよ、あほらし）

（男なんてみんな単純なのよー）

「よかろう。貴様らの話を聞いてやろう」

「光栄ですわ。私たちの望みはただ一つ――」

メイベルはテーブルに置いた似顔絵にトンと爪を立てた。

そして、

「……この男。ルビン・タックの社会的な死《ぶち殺すこと》ですわ」

第32話「『鉄の拳』は、悪巧みする（後編）」

ガタンッ！

その言葉を聞いた瞬間、サティラが勢いよく立ち上がる。

「な、なんだ、サティラ？――黙って座ってろ」

「おいおい、露骨に反応すんなよ。エルフの旦那さんがビックリしているだろう？」

優しげな声を出すエリックたち。だが、全身からは怪しげなオーラを醸し出している。

どうやら、サティラが動揺したということを敏感に察知したのだろう。

「おやぁ？　サティラ、アナタまさか……」

「く…………」

バンッ!!

しかし、その言葉を最後まで聞くこともなくサティラは部屋を飛び出した。

そしてわき目も振らず外へ――……。

「ルビンッ！　逃げて――……!!」

ガシャーーーーーーン!!

通りに飛び出したサティラを追って、エリックたちは窓を割り階下に飛び出した。

「クソガキぃ、何の真似だ!?」

通りに降り立ったエリックたちがサティラを挟み撃ちにする。

悲しいことに裏路地に面していたことが災いし、誰も通行人がいない。

そして、狭い通りのため前後を挟まれてどうにもできない。

「あらあら。サティラったら、困った子ね。…………エリック、そっちは大丈夫？」

宿の窓から3人を見下ろすメイベル。

「おう。任せな。エルフの旦那の方は頼んだぜ」

「もちろん。コチラは気にせずに、さぁ、エルフの殿方――お聞きくださいな。あなたたちのお探しの『禁魔術師』と、お仲間の居場所を私どもは知っておりますよ」

安普請の宿から漏れ聞こえてくるメイベルの言葉を聞いてサティラは確信した。

エリックたちのやろうとしていることを……。

コイツ等の目的を――――!!

「え、エルフにルビンを売る気なの？　アイツらを利用して倒させる気なのね!?」

サティラはキッとエリックたちを睨みつけた。

「は！　今さら何言ってんだ？　当たり前だろうが」

「な、何が……！」

何が……。

……何が当たり前だッ！

何を言ってるの、コイツは。

あぁ、

正直に言おう。

正直になろう。

正直に――――……。

正直に、

「……も、もううんざりだよ!!　いい加減にしてよ!!　ルビンが何したっていうのさ!?　ねぇ!!」

ルビンから奪ってしまったレアアイテムを構えるサティラ。

竜からドロップしたという杖。

それを見るたびに胸が痛む。

あのダンジョンでルビンにした仕打ちに心が苛《さいな》まれる……。

「くく。そうだよ。その顔だよサティラぁぁあ」

シャキンと、剣を抜いたエリック。

それはルビンから巻き上げたレアアイテムではないが、そこそこの値打ちがあるもの。

「お前だってルビンを見捨てたじゃないか。何を今さら……」

「ち、違う!!　ちが――」

「……『ゴメンね、ルビン』だっけか？　ひひひひ。俺はちゃんと聞いたぜ――あのダンジョンでよぉ」

「ち、違…………!」

ち、

ち……、

ち――……。

ちが、

違わないよね。ルビン――――。

「そう、アタシだって同じ……。…………。アンタたちと同じだよ。だけど――」

ガクリと膝をついたサティラを見て、エリックがアルガスに目配せをする。

背後を塞いだアルガスがサティラを拘束しようとコッソリと近づく。

だけど……!!

「だって、しょうがないじゃないか!!」

だって、怖かったんだもん！

だって、死ぬかと思ったんだもん!!

だって、

だって、

だって、ドラゴンになんか勝ち目がないって思って…………思って……思っ、て――。

思ってたんだけど……。

「だけど、ずっと……ずっと…………」

ずっと!!

――ずっっっと!!

「アタシはルビンに謝りたかったの!!　御免なさいって、見捨てて悪かったって……！　なのに!!」

ガバリと顔を上げたサティラ!!

その手には杖を握りしめ、今にも魔法を放とうと構える。

「――なのに、アンタたちは開き直ってルビンに危害を加えようとしているじゃない!!　そんなのもう付き合いきれないッ!!」

「は!!　ガキが甘ぇぇぇぇぇんだよぉぉおおおおお!!　アルガぁぁぁぁぁああス!!」

「おうよ!!」

サティラの背後に迫っていたアルガス。

そして、一気呵成にサティラを捕まえようと腕を広げて――!!

「おらぁぁああ！　ガキぃぃ、後でタップリ身体に教えてやるぁぁあああ!!」

壁のような巨体でサティラを押し潰そうとする――……。

「舐めんなッ！」

――どぉん!!

「ぐぁ！」

爆発音が通りに響き渡り、アルガスの巨体が吹っ飛ばされる。

「ちぃ！　サティラ、てめぇえ!!」

「ふ、ふん！　いい加減にしてよね！　アタシだってやられっぱなしじゃないんだから！　エリックだって、アルガスだって……もう、誰にだって容赦しないんだからッ!!」

ふー！

ふー！　ふー！

と肩で息をしながらサティラが怒り狂っている。

そして、一瞬で行使した下級魔法の「小爆破」をアルガスにお見舞いし、さらに魔法を練り上げる。

大賢者サティラの得意とする高速詠唱と、下級魔法ならではの連射速度だ。

それは、とある理由で資金繰りのために多数の装備を売り払ったエリックたちには、十分な脅威になり得るものだった。

「くそ……このガキ。下手《したて》に出てりゃ調子にのりやがって……！——おい、アルガスいつまで寝てる。ちょっと本気を出すぜ」

その言葉にハッとしたサティラ。

慌てて後ろを振り向こうとするが、

「いててて……。ち、こんなガキ相手に『転職』の成果を出すのか？——まぁいいか」

「く！　ここは逃げ——」

「逃がすかよ!!　俺はもう『双剣士』じゃねーし、アルガスも『重戦士』じゃねーぜ！　お前の知っている俺らとは違うんだよ！」

そう言ってエリックが中空に召喚魔法陣を呼び出す。

——キュルァァアアアア!!

そこから飛び出した犬のような影と!!

「はぁっぁあああああ!!」

アルガスも『転職』した能力を出さんとして、虚空に叫ぶ!!

カッ――――――!!

エリックは召喚し、
アルガスは変身した。

二人とも「転職神殿」で大枚をはたいて『転職』を果たしていたのだ。

たった一つの目的のために……。

そう、

「ルビンを痛い目にあわせてやる」という、実にくだらない目的にために――。

「く、くそぉぉおおおおおお!!」

舐めんなッ！　舐めんなッ!!

「――舐めるなぁぁああああ!!」

どかん、どかん、どかんっ!!

「はははははははははははは」

「ぎゃはははははははははは」

眩《まばゆ》い光の中、サティラの絶叫が響き、彼女の魔法が何発か炸裂したのが見えた。

しかし、それは騒音の中に消えていき、あっという間に静けさが戻る。

通りの様子を見下ろすメイベルは「ニィィ」と口を歪めて笑った。

「――――ふふふ。これで以上です、エルフの殿方……。ルビンの件、確かにお話ししましたよ」

ふふふふふふふふふふふふふふふ!!

あーっはっはっはっはっはっはっはっは！

第33話「【タイマー】は、起き上がる」

「あー……疲れた」

ドスンと勢いをつけてソファーに深々と沈み込むルビン。

今日も一日、依頼《クエスト》をこなしていたので程よく疲れている。

だが、顔面に浮かんだ疲労の色は濃い。

とても程よい疲れとは言えないだろう。

とはいえ、いつもよりは楽な依頼だったと思う。

『鉄の拳《アイアンフィスト》』を辞めたルビンとしては初のパーティクエストで、それなりに楽しかった。

近隣のダンジョンでの採取任務と、そのダンジョン付近の魔物の駆除。

どれもCクラス程度の依頼だったので、ルビンからすれば片手間にできるほどのものだった。

……だったんだけど――。

「おまえ、加減ってのを覚えろよ？」

「ん～？　何がぁ」

グデーと、一つしかないダブルベッドを占拠しているエリカに愚痴をこぼすルビン。

そうなのだ。

疲れている原因は主にコイツ。

今、行水中のレイナは仲間として全く問題ない。

時々、モラルの欠ける行動をすることを除けばレイナ自身の冒険者適性はすこぶる高く、ルビンも信頼している。

だが、

「何がじゃねぇよ、何がじゃ……！　魔物を駆除っつっても、全滅させることじゃねぞ!?」

エリカといえば、このクソアマァ……。

今日の依頼の一つであった魔物の駆除なのだが、その対象であったグレーターゴブリンをガンネルで散々追い回して一匹残らず殲滅《せんめつ》してしまった。

別に放っておいてもそのうち湧いて出てくる連中なのだが、問題は殲滅してしまった場合の死体の処理だ。

連中を少し残しておけば勝手に共食いを始めて死体も綺麗に片付けてくれるのだが、全滅させてしまえば後は腐敗するに任せるしかない……。

恐らくあのダンジョンはしばらく使えないだろうな。

「てへ。めんごめんご」

ベッターと寝ころんだまま、チロリと舌を出して古臭い仕草で謝るエリカ。

その年格好でヤメロ。可愛くねぇ…………可愛いじゃねーか、こん畜生！

こいつ、いつもの黒いロングコートを脱いで何処かに仕舞ったかと思うと、その下には貴族が着るようなパリッとした黒い服を着こんでいやがった。

その服がまた妙に似合うし、ピッチリとした生地のせいで豊満な身体の凹凸が強調されて目のやり場に困るのだ。

あーもう。

「まったく……。っていうか、なんで同じ部屋なんだよ。ギルドもケチだよな～」

ルビンはウンザリしてきて天井を見上げたまま、この宿を斡旋してきたセリーナ嬢に怨嗟《えんさ》の言葉を投げかける。

もっとも、それを聞いているのは天井ばかり。

例の一件依頼、ルビンたちは半監視対象ということで、軽い拘束を受けていた。

とはいえ、別に犯罪者というわけでもないので、クエストをするのも自由だし、外出も問題ない。

だが、居場所はキッチリと指定されてしまった。

いっそ断ろうかとも思ったが、セリーナ嬢のマジの目を見せられては拒否しにくい。

「わっかりましたー」なーんて、二つ返事で宿を強制的に取らされてしまった。

だって、目つきすっげぇ怖かったんだもん。

「なによー。主は同じ部屋、イヤ？」

「いやだねー」

女の子二人と同じ部屋とか気を遣うだろ？

羨ましいとか言う人もいるのかもしれないけど、
そんなキャッキャウフフな展開とか、仲間に求めてないから……。

「そんなこと言わないでさー。ほらほらぁ、一緒に寝ましょーよー」

ニッコニコしたエリカがポフポフとダブルベッドの片側を開けて「入れ入れ」と指し示す。

「寝るかバーカ。そっちはお前とレイナで使えよ。着替えとかする時は言ってくれ。適当に外で時間潰すから」

「ちぇー。つまんないのー。着替えってレイナはいいの？　あの子、いま隣でお風呂だよ？」

あ、そういえば。

耳をすませば、部屋に併設された風呂場にレイナが籠もっているため、バチャバチャと水音がする。

考えてみれば、レイナだって子供とはいえ女の子だ。

ルビンが部屋にいると出づらいだろう。

「あー……どうすっかな」

「ん～？　何？　覗くの？　いいわよー。んふふ～……レイナってば結構大きい」

「覗くかボケッ！　ちょっと、外出してるから、適当にご飯食べといて。お金は――」

ゴソゴソとポケットを探ると、銀貨が数枚。

そういえばお金がそろそろヤバイ。

商人に換金を頼んだきりだった……。

いくらかあったはずの金貨も、レイナの保釈金やらエリカの歓迎会？　のせいでスッカラカンだ。

「……無駄遣いすんなよ？」

ポイッと銀貨を投げ渡すと、エリカはだらしなく寝ころんだまま、器用に指で挟んでキャッチ。

「ありがとー。主、愛し――――てるッ」

「はいはい」

メキッ。

突如、その銀貨を握りつぶしたエリカ。

思わずビクリと震えるルビン。

「な、なんだよ!?　銀貨じゃ足りねーとか言うなよ!?　今金欠なんだから――」

だが、エリカはルビンの軽口には付き合わずキッと睨み返すと、

「主。今すぐ武装準備ッ」

「は？」

「急いでッ」

ガシッと、ルビンの装備を引っ掴み投げつけるように渡したエリカは、返す刀で身体を跳ね起こすと、バチバチッとロングコートを出現させる。

そして、身に纏《まと》いながら何を血迷ったのか、

「お、おい！　そこ――まだレイナが風呂に……！」

ガチャ!!

「ふんふんふ～♪　ふんふ～…………………」

おっふ――見てません。見てませんよー!!

「き」

「着替えなさいッ！　いますぐ!!」

エリカが乱暴に風呂場の扉をこじ開けてレイナの首根っこを掴んでポーイ！　と。

辛うじてタオルを身に纏っているも――おっふ!!

これはヤバイ!!

ヤバイ、ヤバイ、ヤバイ!!

やばいですよーーーーーー!!

「きゃ、きゃ、きゃ、きゃあああああああああああああああ!!」

「うぎゃああああああああ!!　見てない、見てない、俺は見てないよー!!」

違うんです。

悪いんです。

全部エリカが悪いんです!!

「お、おおおおお、お兄さん！　あっち向いて!!」

向く、向く、向く、ムク、ムク、ムクムクムク、向くわい!!

「向かいでか!!　こんなとこ誰かに見られたらとんでもないことに――……」

バァン!!

「ルビンさん、います、か……!?」

って、

「……………せ、セリーナさん。ノックぅ」

ノックしてよ。

っていうか、鍵かけてたはずだけど??

「ちっさい子を半裸にして、パツキン美女に武装させて…………何をやってんですかアンタはーーーーーーーーーー!!」

え、

えーーーーーーーーーーーーー!?

お、俺?

「俺が悪いの!?」

「お前以外におるかーーーーー!!」

ものスッゴイ形相でルビンの胸倉を摑んでガックンガックン。

周りを見れば、レイナはタオル一枚で半べそを掻き、エリカはレイナの武装であるナイフを手に持ち険しい顔つき。

うん…………なんのプレイ中やねん!?

確かに何をやっとんねん!!

俺が聞きたいわ、このクソエリカの疫病神がぁぁあああああ!!

「もーーーーーーーーーーーーーー!!」

「って、もーーーーーとか言ってる場合じゃないですよ。……あああ、私もパニクってあああもう、こんなことしてる場合じゃなかった！」

セリーナ嬢は頭をバリバリと搔きむしると、

「この際、ルビンさんがロ〇コンで大変な変態であることは置いといて」

置いとくな!!

「今はそれよりも!!」

それが大事じゃ!!

「ギルドでも確認したのね？　なら、もう時間がないわ――」

「エリカぁぁあ!!　だから、何なんだよ!!　もう、いい加減に……」

ルビンは怒り狂って右往左往。

誰に当たればいいのか分からず右往左往!!

だが、そのルビンに対して物怖じせずセリーナ嬢はガッと胸倉を摑むと、

「――聞いてくださいッ、ルビンさん！　エルフです!!　エルフの大部隊がこの街を……」

「来たわね」

ひゅるるるるるるるるるる…………!!

――ひゅるるるるるるるるる…………!!

――ひゅるるるるるるるるるる…………!!

「戦争の時間よ」

ドォォォォオオオオオオン!!

真っ赤に燃え上がった街を背景に、黒衣のエリカが顔を朱に染めながら言った……。

第34話「【タイマー】は、命令する」

ドォォォォオオオオオオオン‼

ドォォォォオオオオオオオン‼

ドォォォォオオオオオオオン‼

雷鳴のような音がダンジョン都市にこだました。

そして、音を背景に赤々と燃え上がる炎と黒煙。

「な、なんだ⁉」

「エルフよ。ちょっと察知が遅れたわね……ごめんなさい」

エリカは黒い帽子を目深《まぶか》に被りなおすと、コートから物騒な代物《大型機関銃》をガシャキ！　と、二挺《ちょう》取り出し二手に構えた。

「え、エルフ？　うっそ……。まさか、だって――先日……」

「いえ、本当です。我々もついさっき気付いたばかりです。もしかしたらルビンさんなら既に知っているかと思ったんですが――どうやら当てが外れました」

ガックリと肩を落としたセリーナ嬢。

よくよく見て見れば、彼女はいつものギルドの服ではなく、可愛らしいデザインの私服だった。

「当てが外れたって……。え。っていうか、もしかしてセリーナさん。ここに泊まってました？」

「はい。監視も兼ねて隣に――……」

おっふ。

それ、ほぼストーカーやん！

「俺のプライバシーとかないの？」

「ありません。申し訳ありませんが、事情が事情なのでギルドに戻ります。ルビンさんも準備を整えてギルドに出頭してください──恐らく、緊急依頼が出ると──」

ありませんって、言い切ったねこの人!?

ドォォオオオオオオオオオン!!

「きゃあ!!」

「にゃわぁぁあ!!」

すぐ近くで爆発が起こり、隣の宿屋が炎に包まれる。

その爆風と音に驚いたセリーナ嬢とレイナが床をゴロゴロと転がり、目を回してしまった。

「ひ、ひっぇええ……。ほ、ホントにエルフなのか？　無茶苦茶しすぎだろこれは……!!」

ルビンが窓際に駆け寄り空を仰ぐと、上空には何か巨大なものが多数浮いている。

それらが街の炎上に赤々と浮かび上がっていた。

「あ、あれは……ドラ」

「主。アタシ──私は、アナタに従います」

あ？

突如改まった口調のエリカ。

「いきなり、なん──」

カツンッ！　と靴音を立てて時計の芯のようにカチリと直立すると、

「主……。私はアナタが世界を滅ぼせと言うなら滅ぼしましょう」

主。

「……アナタがエルフを滅ぼせと言うなら滅ぼして見せましょう」

「な、なんだよ、いきなり改まって……？」

ルビンの戸惑った口調に対して、エリカは真面目な表情を崩さない。

それどころかいつもの飄々《ひょうひょう》とした空気はどこへやら、まるで初めて出会った時のようにまるで人間味を感じさせないその表情で言う。

「主。………私は時の遺物です」

一度瞑目《めいもく》し、うっすらと目を開けたエリカ。

「……私にとってはほんの数日前の出来事でも、もはやそれは遠い過去の出来事です――。あの日、試験官の先から私を見つめていた少女も、あの日、悲痛な顔で私に願いを託していた技師たちも――あの日……」

そこまで言ってエリカはグッと口を結ぶ。

正直、彼女の言うことの半分もわからない。わかることができる気もしない。

だけど――。

「主、私はこの時代にいることは本来許されないものです。主――私はッ」

「エリカ」

ハッとした顔でルビンを正面から見つめたエリカ。

ルビンは、エリカの言葉を遮ると――。

「……お前が何を言いたいのか知らないし、俺に何を求めてるのかも知らない。だけどな」

だけど。

……だけどな。

あの日。

時の神殿の最奥で寂しそうに笑い、敬礼していたエリカを思い出す。


「最後の敗残兵……」

そう言って笑っていたエリカを思い出し、胸がチクリと痛む。
彼女のいた時代はとっくに過ぎ去り、覚えていることは何もなく、知己もいない。
それでもエリカは明るく笑い、
人類の……町の危機に対して身を呈して戦っていた。
だから、ルビンも言わねばならない。
時代に追放されたものとパーティを追放されたもの。
立場も、事の重さも違えど――同じ追放されたものとして。
……時代と仲間に――置き去りにされてしまったものとして。
お互い、大切《キウイ》なものを失ったものとして…………。
(……エリカ。お前は俺と同じなんだ……。だから分かるよ、お前の気持ち――)

「お、俺は、さ。――お前が過去の人間だとか、遺物だとか、この時代にいないだとか、さ……。そんなこと思っていない」

「……え？」

「そ、そういう難しいことは俺には分からないし、知りたいとも思わない――」

「あ、主《マイン・ヘア》……」

ハッとした顔でルビンを見つめるエリカ。

ルビンは少し照れながら、頭を掻く。

「ただ、俺はお前のこと嫌いじゃないよ？　そ、それに…………なんていうか、シンパシーを感じるんだ。なにより」

じっとエリカの顔を見つめ返すルビン。

な、

「……仲間だと思っているよ？」

「ッ……！」

不意に顔を手で覆ったエリカ。

表情を見られまいとするのか、ふぃっと首を傾けて顔を逸らす。

「……いや、何を言おうとしてるんだろうな俺――……ただ、なんて言うか。正直、お前がいると迷惑だし、空気読まないし、飯代はかかるし、部屋は狭いし、怖いし、強いし、無茶苦茶だけど――」

フフッ……。

「い。言い過ぎでは？……いや、ご飯の件は、はい、その」

そう言った時には、エリカの表情は和らぎ、ルビンをまっすぐに見つめていた。

「いやいや。本当のことじゃんか。……で、でもな。だけど、お前は別に悪い奴じゃないと思うぞ？　たまにちょっかい出してきたやつ相手に暴れるとはいえ、なんだかんだで普段は街中では大人しくしてるし、そ、それにその………び」

――美人だしな。

(あ、いや、最後関係ないか……)

屈託なく笑う普段のエリカの顔を思い出したルビンが顔を赤くする。

「な、なによそれ――主ってば、私のことをそんな風に思ってたの？」

「ハハッ。ま、まぁ……その。あー……なんて言いたいのかわかんなくなっちまったけど……。急に改まって自分の覚悟だとか、居場所を確認なんかするなよ？」

「し、しかし……私は――」

何か言おうとするエリカであったが、

「なぁ？……らしくねぇじゃん？　エリカならさ。……いつもみたいに飄々としてろよ……。それにエルフを滅ぼすとかじゃなくてさ――」

ひゅるるるるるるるるるるるるる……ドカァァアアアアアアン!!

不意に周辺一帯に至近弾が落下し、建物を燃やしていく。

その拍子に、窓ガラスがビリビリと揺れる。

目を回していたレイナとセリーナ嬢が漸《ようや》く起き上がり、キョロキョロとあたりを見回している。

額から一筋の血を流したセリーナ嬢を見て、ルビンの奥歯がギリリと鳴る。

こんな自分勝手に一方的なことをする連中と、ルビンを追放したエリックたちの顔が交互に浮かんでは消え、ルビンのはらわたが煮えくり返る。

(理由があろうとなかろうと関係ない……！)

「――……こんなことをする奴らを俺は許せない。何が目的か知らないけど……!!　もしかして先日のエルフの件の報復なのかもしれないけど――。だけど、エリカ!!」

はっきりと告げるルビンのセリフを聞いて、エリカの瞳が意志の強さに輝くッ！

「ハッ《ヤー》！」

パシンッ！

そして、直立したまま、エリカ・エーベルトは敬礼する。

ルビン・タックに対して、敬礼をした!!

「……エリカ。街を救おうッ。もしかして俺たちの……俺のせいかもしれないけど、それは街を救ってから考えよう！」

「了解《ヤボール》ッ！」

カツンッ！　と踵を鳴らすエリカ。

――エリカ!!

「エリカ、お前は時を倒せる。エリカ、お前は過去の遺恨を忘れられないエルフを倒せる。エリカ」

…………お前はこの時代に必要だ!!

「ハッ《ヤー》!」

返事をするエリカが涙を流す。

スーっと流れた涙が一筋。

「……エリカッッッ!!」

やろう……!

「――やろう! やってやろう!! 俺の命令が欲しいならくれてやる。くれてやるからよく聞け!」

「はい《ヤー》、私の主《マインヘア》!」

「エリカ・エーベルト! お前はこれより、この街を護れ!! そして、街を害するものがいるならそれが誰であっても打ち破れッ!」

「了解《ヤボール》!! 了解《ヤボール》ッ!」

…………エルフ? 知らんよ! 俺たちの敵は…………街を焼く無礼な賊《ぞく》どもだ!!

すぅぅぅう……!

「了解しました《ファシュタンドン》! 私の主《マインヘア》!」

バッシンッッ!!

威儀を正し、

踵を揃え、
帽子の奥に瞳を輝かせてエリカは敬礼するッ！

その瞬間、再び上空から爆撃が始まった。

――ひゅるるるるるるるるるるるるるるるるる…………。

「行けッ！　エリカ！………行ってくれっっ！」

「仰せのままにッッ!!」

ダンッ!!

エリカ・エーベルトは出撃する。

足を踏み出し、窓を開けると、空を舞い狂う飛竜を見据えて――!!

奴らの落とす、糞が如き炮烙玉《ほうらくだま》を目標にすると!!

一度だけ振り返り、小さく口の中で呟いた。

「(ありがとう主――……。目が覚めて、最初に会えたのがあなたでよかった――)」

そして、そのあとはもう振り返らない。

あとは行くのみ。

一直線にエルフが操る飛竜へ向かう――。

「ハッ!!　汚ねぇもんばら撒いてんじゃないわよッ!!　お漏らしエルフどもめが……！　ガンネルッッッ」

……バッ!!　と空に身を投げる。

その瞬間、街の炎上に晒されて金髪がキラキラと輝いていた――……。

それをルビンと、レイナと、セリーナ嬢が茫然と見送る。

「エリカ姉《ねえ》、きれー……」

「あぁ……」

「ほ、ホントに……」

ビュウビュウと風を切る音とともにエリカ・エーベルトは出撃していった。

「ふふふ。いい男に見送られ、町を護るために出撃する――……」

エリカの脳裏によみがえるのは、人類連合の最後の時――。

その日の光景が何度もフラッシュバックする。

「もう駄目だ！」

「死にたくない！　死にたくない！」

「頼むッ！　人類を救ってくれッ！」

試験管の外で叫んでいた技術者たち。

あり得ない光景。誰だか名前も思い出せないけれど……。

「――私を……。私を必要だと言ってくれる人と戦えるなんて……」

なんて……。

なんて――。

「なんって、最高なのかしらッッ!!」

――あはははははははは！

ガンネルを、空の先へ先へと先行させると、トンットンットンッ！　とそれを足場にして空を駆け上がるエリカ!!

そして――――……ひゅるるるるるるるるる。パシッ!!

空気を切り裂く落下音を立てていた焙烙玉をナイスキャッチしてみせると軽く担いでガンネルとともに駆け上がる。

「森の♪　エッルフさぁ～～～ん♪　落としものでぇすよぉぉお♪」

あ、そ～れ――……てぇい！

炮烙玉をつかみましてぇぇぇ、手が焦げるのも厭《いと》わずに、大きく振りかぶってぇぇぇぇええええぇぇぇ………投げましたッ!!

き――――――――――――ん!!　ボンッッッッ。

『『『ぎゃあああああああ!!』』』

それは狙い違わず、エルフが騎乗する飛竜に直撃し、未だ飛竜の背中で炮烙玉の準備をしていたエルフの空挺部隊に直撃する。

『『『あぎゃあああああ！　あ―――……』』』

ボウボウと燃え盛る炎。

背中を焦がす炎と、小うるさいエルフに辟易《へきえき》としたのか、飛竜が身を捩《よじ》ると、黒く焦げた何かがボトボトと背から落ちていく。

おかげでその周辺だけが、明るい明るい!!

炮烙玉が炎上し、その明かりに照らされた飛竜が一際大きく吼えるッ！

ギィェエエエエエエン!!

「んふふふ〜。可愛いトカゲだこと。…………でも悪いけど堕ちてもらうわねッ。主《マインヘア》に言われたの——街を害するクソゴミカスぅ◯こエルフと、その配下をボロッッッ……クズにしてやれってねぇっぇえええええええ!!」

ガンネルッッッ!!

ズガガガガガガガガガガガガガガガガガ!!

ズガガガガガガガガガガガガガガガガガ!!

ズガガガガガガガガガガガガガガガガガ!!

エリカの周りを覆った無数の黒い球体が一斉射撃!!

それはエリカの持つ二挺の武器も同時に発射され、街に落とされた炮烙玉を時間魔法で巻き戻しているかのような光景だった。

いや、違う。

もはやその火力は炮烙玉を落とすだけのようなそれとは違う。巻き戻しどころか、百倍返し！　まるで活火山の噴火のようだ!!

エリカの放つ7・92mmの銃弾がダンジョン都市の空に映える!!

「あはははははははははははははは！」

エルフがいっぱいいるよー！

エルフがいっぱいいるよー♪

「あはははははははははははははは！」

エリカの戦いは始まり——ダンジョン都市の長い夜も、今はじまる……。

第35話「黒き女は、滑空する」

ズガガガガガガガガガガ!!

　ズガガガガガガガガガガガ!!

　　ズガガガガガガガガガガガガ!!

エリカの構える武器から大量の火箭《かせん》が迸《ほとばし》る。

それは面白いくらいに飛竜の腹に吸い込まれるように命中し、激しく火花を散らす。

「あははは、かった～～～い♪」

さすがは飛竜――ドラゴンの眷属《けんぞく》。

鱗の硬さもドラゴン譲りだ。

だが、エリカは少しも焦らず、射撃にさらしたその飛竜にはもうはや目もくれず、次の獲物を探して空を闊歩する。

なぜなら……。

ご、ゴァァアアア…………。

あれほど頑強を誇った飛竜が飛行姿勢を怪しくして空を迷走する。

これはどういうこと？　確かに飛竜はエリカの攻撃を防ぎきったはず……。

――グシャァァァア!!

そのまま、後方から来た仲間の飛竜に圧《お》し掛かるようにして二騎とも落下。

燃え上がった家屋に突っ込み、騎乗していたエルフごと爆散炎上した。

「ふふふッ。いくら外皮が硬くても中身はタダのトカゲ――。連射を同じところに浴びてちゃ耐えられないでしょ♪」

美しく笑うエリカがそのまま空を滑空し――……。

スタン!!

「は〜ぃ♪　おげんこぉ《お元気ぃ》？」

ニッコリとさわやかな笑みを浮かべたエリカが、低空を飛んでいた飛竜に飛び移った。

『な、なんだ⁉』

『お、女だとぉ⁉』

『怯《ひる》むなッ。叩き落とせぇぇぇぇ！』

小隊長らしきエルフが器用に飛竜の背の上で立ち上がると、細剣を抜いてエリカに切っ先を向ける。

「あらまぁ、たっくさ〜ん♪」

ひーふーみー♪　と、エルフの頭数を大雑把に数えると、剣を抜いて向かってきたエルフに向かってニコリとほほ笑む。

『斬れ斬れきれぇぇえ!!　殺せぇぇえ!!』

小隊長の命令一過、エルフたちが色めき立つ。

『りょ、了解！――女ぁぁあ、覚悟ッ』

『この下等生物がぁぁああ!!』

不安定に揺れる飛竜の真上で、なんとか立ち上がったエルフたち。

手に手に、剣に、弓にと構えるとエリカに向かって――……。

「……あー、そういうのいいから――さいなら～♪」

ズ――ジャキンッッ!!

黒々とした銃身を軽々と構えるとエルフたちに向け――……。

ズガガガガガガガガガガガガガガガガ!!

『『『ぎゃあああああ！』』』

至近距離で連打を浴びたエルフの兵たちがボロクズのようになって空から落ちていく――。

そのうちズタボロになったエルフ小隊長の死体を足で蹴転がすと、

「あら、変わった装備ね……？　コイツらもしかして――」

悠々と飛竜の上を行くエリカは、ほかにもいくつか、落ちずに残ったエルフ兵の死体を検分し、そいつの身に着けている装備に目を光らせるエリカ。

「チッ。まずいわね……。空襲部隊かと思ったけど、これは……」

エリカは苦々しい顔でそのエルフ兵を蹴り落とすと、代わりに飛竜の背中に酒瓶のお化けのようなものを放り出して言った。

「ごめんなさいトカゲさん。あまり時間がないみたい――だから、収束手榴弾で乾杯っ」

ピイン♪

慣れた手つきでピンを抜き、エルフたちが使っていた座席に手榴弾を乗せ、空へと身を投げた。

ヒュルヒュルと風を切る音を聞きながら――……。

「ガンネルっ!!」

……スタンッッッ!!

自らの分身でもある黒い球体——ガンネルを空に並べてスキージャンプ台のようなスロープと化す。

そして、落下の勢いと相まってそのスロープを滑り……。

「とぅ♪」

エリカがコートをはためかせ、蝙蝠《こうもり》のように夜空を舞う。

その背後では、ジタバタと暴れる飛竜が一匹——……ズドォォォオオオオン!! と、そのまま大爆発!!

爆炎に包まれた飛竜が叫び声をあげながら錐もみ状態で街に落ちていった。

それを見送ることもなくエリカは飛ぶ——……いや、跳ぶッ!!

そして、縦横無尽にガンネルを駆使して、女は舞う!

そして、撃つ!

そして、刺す!!

そして、撃墜する!!

——あははははは♪

ズダダダダダダダダダ!

あはははははははは!

ズダダダッダダダダダダ!

あはははははははははは!

「あ！　大物み〜〜〜っけ！」

そうして、数騎の飛竜を撃墜したエリカは、ついにその群れを縦断した。

そして、そこにいたのは大型飛竜。

「んふふ〜♪　どう見ても、あれってば指揮官ポジションよね。これは当たりの予・感・ッ♪」

ズバンッ!!　と、武器に取り付けた鋭い切れ味のナイフで飛竜の首を掻き切り、エリカは更に跳躍し、ペロリと唇を舐めて潤すと、ニンマリと笑ってそいつを標的に定めた。

そして、一度だけ振り返る。

視線の先には狩り切れなかった飛竜が多数も多数!!

「——主《マインヘア》。思ったより戦況は良くないわ……。そっちも気を付けてね」

届くはずもない声を投げるエリカ。

チバッ！　と中空に投げキッスをしてから、キリリと表情を引き締める。

そう、彼女の戦いもまだ始まったばかり——……。

第36話「エルフは、降下する」

『ははは！　見ろ、バーンズ――もう、着いたぞ』

『おーおー……早いもんだな、飛竜ってのは』

大型の飛竜に騎乗したゴルガン司令とバーンズたち。

彼らの眼下には赤々とした夜の光に包まれた人間の街が広がっていた。

『くくく……！　下等生物が増えに増えよってからに――……みろ、人間がゴミのようだ』

『カッ。好きだねぇ、アンタ等は――。俺は人間だろうが、エルフだろうが、ドワーフだろうが、どれも似たもんだと思うがね？』

肩をすくめるバーンズには、ゴルガン司令の考えは全く賛同できないらしい。

彼に見られないように、虚空に向かって舌を出してウンザリ顔。

元々、こういう種族至上主義に嫌気がさしていた。公の場でも万事いつもの調子だったためにバーンズはエルフ上層部に嫌われてしまったのだ。

『何を言うか。我ら高貴な血筋の種族と、短命種の虫けら同然の下等生物を混同するな。……少しは正直になればもっと上の受けもいいぞ？』

『十分に俺は正直だよ――っと、あれか？』

バーンズは目を細めて街を見通す。

すでに部隊の一部は街の上空に差し掛かっていた。

そして、その姿を見咎めたように、街の外縁を覆う城壁と底に詰めている兵士の影がにわかに騒がしく動き始めた。

だが、バーンズの言うあれ――とは、兵士たちのことではない。

『司令！　発光信号確認――潜入調査員の報告です！』

バーンズの視線の先では、街の中心部あたりで瞬く明かりがやけに目立って見えた。

チカ、チカ、チカッ！

その明かりは街の明かりとは明らかに異なる。エルフの高等魔法のそれだ。

『発光信号解読！』

『読め』

飛竜に乗るエルフ兵の一人が目を凝らして発光信号を解読すると、ゴルガンに向かって大声で報告する。

そうしないと、風の音でかき消されるのだ。

『――我、目標確認す。以上です！』

『よし、先遣隊は空爆ののち、降下準備――露払いを実施せよ。私の直属部隊は全て目標へ向かう。遅れるなよ！』

『『ハッ!!』』

ゴルガンが座上する飛竜の近くを舞っていた別の飛竜の部隊が敬礼をもって答える。

そして、彼らが次々に近くを舞う仲間へは声による逓伝《ていでん》と、やや離れた仲間には発光信号を送り、徐々に全体へ伝わっていく。……速いッ。

さすがの練度だ。

その見事な動きにバーンズでさえも口笛を吹いて驚きをみせた。

『ひゅ～♪　大したもんだ。さすがは練達の空挺兵。金のかかる空挺部隊に、これだけの数の重力魔法――しかも、地味な降下速度制限の魔法を使える兵を育てるのは大変だったろう？――っていうか、こりゃー……俺の出番なんかないんじゃないか？』

『馬鹿を言うな。兵力で勝てるほど、あの遺物は甘くない。お前にはたっぷりと働いてもらうからな』

その言葉にバーンズは肩をすくめて答える。

『へーへー。せいぜい頑張らせてもらうよ。……遺物にタイマーどもの相手。こりゃ、「俺」が5人は必要だ』

おどけたように悲壮感を見せるも、焦りは感じない。

本気になればバーンズはここにいる全員を知覚する暇もなく瞬殺できる力を持っている。だが、それをしないのは、ひとえにバーンズにその気がないからだ。

ゴルガンあたりは、バーンズの首につけた魔道具や全身の呪印《じゅいん》を保険だと考えているようだが、バーンズからすれば勘違いもいいところだ。ちょっと手を加えれば拘束の魔道具も、呪印も、時空魔法で何とでもしてしまえるほど、バーンズの魔法の技術は高度なもの。

（ま、今はおとなしく従うさ。今、ここで事を起こしても大した益がないからな……）

カッカッカ！

愉快そうに笑うバーンズは、とっくの昔にエルフ社会での復権を諦めている。なにせ、すでに罪人扱いだし、仮に脱走をしたとすれば二度と故郷に帰ることはできないだろう。それを知ってか知らずかゴルガンは鼻で笑うとバーンズを顎で使う。

『軽口はそこまでだ。降下地点を確認したならば、お前にも行ってもらうぞ？』

『わぁーってるよ。とはいえ、これの使い方には自信がないがね』

そう言って、身に着けた装備を指でピンピンと弾く。

『ははは。そんなものなくとも、お前ならなんとかするだろうに』

『おいおい、俺を化け物かなんかだと勘違いしてないか――――っと！』

ひゅるるるるるるるるるるるるるるる。

　ひゅるるるるるるるるるるるるるる。

バーンズの耳に届く、嫌な風切り音。

戦争中散々聞いたあれだ――。

『お、おい！　まさか、町ごと焼くのか!?　いくら人間の街だからって、おまッ』

『くくく。何を気にしてる。下等生物なんぞ、ほっとけばそのうち増える。そして、１００年も経てば記憶は消える。何てこともない――』

(甘い……。甘いぜゴルガン。……人間はそんな生易しい連中じゃないぞ)

バーンズの危惧など知る由もなく、ゴルガンは笑い続けていた。

『がっはっはっは!!　燃えろ燃えろー!!　はははははは！　下等生物など消えてしまえぇぇぇえ』

だが、ここに至り、快進撃を続けていた飛竜部隊に異変が起こる。

『がはははは――――……は？』

ゴルガンが盛大に笑っていた時、それは起こった。

ボォォオオオオオオオン!!

と、先遣隊《せんけんたい》の方で火の手が上がり、低空飛行で爆撃していた飛竜が一騎燃え上がる。

その明かりの中で精鋭たるエルフの尖兵が炎に包まれ落下していく様をまざまざと……。

『な、なんだと!?　なにが――……!』

啞然とするゴルガンに対して、バーンズは口角をゆるく上げた。

戦場の経験から時を経ていないバーンズだけは知っていた。分かっていた。そして、気付いた――。

『懐かしい気配――。そして……』

その空気の正体にッ。

『――ほ。来たか……!』

(やはり歯向かうか？　分裂娘よ……!)

そして、続く激しい銃撃の音。

ドガガガガ、ドガガガガガ！　と、空を染めるマズルフラッシュに浮かび上がった黒い人影。

そのあとには、飛竜がもがき苦しみながら落下していき、僚騎を巻き込んでいく様だった。

『な……ば、バカな!?　下等生物の反撃にやられただと――』

『カカッ！　舐めて掛かるからだ。それに下等生物は強いぞ～……』

(……だいたい、俺が処刑されないのも、ひとえに下等生物を恐れているからだろうに――)

ゴルガンたち、エルフの呆れるほどの傲慢さと矛盾した感情に肩をすくめるバーンズ。

だが、下等生物が反撃するというなら、迎撃するのもやぶさかではない。

『――さぁ、エルフの指揮官ゴルガン殿よ。ここからが本番だ。もう逃げられんぞ』

茶化しつつ、ニィィと笑ったその顔で、青ざめた顔のゴルガンを面白そうに観察するバーンズ。

今の彼は、ただただ笑って返すのみ。

『――く！　たかが先遣隊が堕ちただけのことッ……！　ひるむなッ！　行けッ！　行くがい、降下準備だ!!……空で死にたくなければ陸で死ねッ!!』

『『はッ!!』』

ゴルガンの合図はあっという間に全軍に通達される。

そして、ゴルガンを含む直属部隊も街の中で確認された発光信号に近づきつつあった。

『ゴルガン司令！　総員、準備よし！』

モルガンが敬礼をもって答える。

『……うむ。全員傾注《アテンション》！「緩降下《スロウデサント》」の魔法を絶やすな！　また、緊急時の予備落下傘使用時は開傘衝撃に気を付けよ！　現在街は燃えているため――上昇気流を警戒しつつ、水平状態からの空挺降下となる、以上。……総員の健闘を祈るッ』

『『了解！』』

エルフ空挺兵が頭の上に乗せていたゴーグルをスチャキと装着する。

『ほッ。忠実な飼い犬なこって――』

スチャキ……！

そう言いつつも、バーンズも同じくゴーグルを装着。

レンズが街の炎を受けてキラリと輝いて見えた。

『くく。この空気。この臭い……。やっぱり、この巷《ちまた》はたまんねぇなー。……まったく戦争は最悪だぜッ！』

ニヤリと楽しげに笑うバーンズの顔が緊張したゴルガンたちに比べて随分浮いていた。

『――降下用意ッッ!!』

目標上空に達した時、ゴルガンにより空挺作戦開始の合図が伝達される。

『『降下用意ッッッッッ』』

全兵士の合図に、満足げに頷き返すゴルガン。

『では、征《ゆ》けッ！』

『『ハッ』』

『――風速よし、高度よし……敵航空兵力なし。進路クリア――……コースよし』

ザッ！　と一斉に立ち上がるエルフ空挺兵。

左右に分かれて飛竜の背中の側面に立つ。

そして、全員が眼下の街を見下ろした。

燃える。

燃える、燃える。

燃える人間の街――。

逃げ惑う人々や、無力にも倒れる人々。そして、幾人かの立ち向かう勇敢なる下等生物!!

やつらは徒党を組んで弓を空に向けているッ。

だが少数。あまりも無力……。

『ハハッ、愚かな下等生物どもめ』

『我らエルフの恐ろしさを身をもって知るがいぃッ！』

そして、空を見上げるだけの阿呆な下等生物ども——！

それらを見下ろし、ニヤニヤと笑うエルフの精兵ッッッ！

『コースよし、コースよし、コースよし……用意、用意、よーい……』

ヒュルヒュルと風が飛竜の背中を流れていく。

ただの空挺兵も。

モルガンも。

バーンズも。

ゴルガンも……。

ゴーグル越しに感じる、燃える街の空気を……臭いを感じた気がした。

『——…降下!!』

降下！　降下っ!!

『『降下、降下ッッ!!』』

『エントリィィィィ——!!』

そして、全エルフ空挺兵が空へと身を投げ、特訓に特訓を重ねた重量魔法を発動し……ようとした————……まさにその時。

ビュゥゥゥゥウウウ…………スタンッ!!

「わぁお、嚮導騎《きょうどうき》発見ッ！」

『んな!?』

驚いたエルフたちは、突然の光景に目を見開いた。

そう。

ついに……。

ついに!!

あの、エリカ・エーベルトがついに到着した……！

「はぁい！　下等生物代表でぇす♪」

第37話「黒き女は、空戦する」

「やっほー♪　お空のお散歩は楽しいですかー」

　スチャキッ！

　軽ーい調子で話しかけるのは黒衣の女——風のように舞い大型飛竜に登場したエリカ。

　彼女はニッコリ笑って、

「はぁい♪　ご搭乗のエルフの皆さまぁ！　あちらをご覧くださ〜い」

　ズガガガッガガガガガガガガガガガガガ!!

「——こちらが地獄となっておりまぁす♪」

『『ぎゃあああ!!』』

　突如響き渡る銃撃音に、エルフ空挺兵の叫びが交じる。

　見れば、飛竜の左側面から降下したはずの、エルフ空挺兵の半分——約10名の兵士が頭上から撃ち抜かれて絶命していた。

　降下姿勢のまま、ただの肉の塊となって地上へ消えていく。

『んなっ!?　何なななん!!』

　舞い降りた黒衣の女にゴルガンが叫び声をあげた。

　さらには、
　飛竜に残っている操縦手や小隊長のモルガンたちも、皆一様に驚愕している。

　驚くなという方が無理だ!!

そりゃ、そうだろう。

大空を支配していたはずの飛竜――。信じられないが、突然女が空から降りて来たのだ。

『なんだこの下等生物はッ!!』

思わず叫ぶゴルガン。

だが、その女は事もあろうに――。

「――いやぁ、どーも、どーもぉ♪　下等生物でぇす。本日は御日柄も良く、よくぞダンジョン都市までお越しくださいました。つきましては………」

飛竜の上でエルフを撃ち殺したばかりか、ココロと笑いおどけている！

その上で、エリナは大型飛竜の上でクルリとバレエのように一回転しつつ、にこやかに一礼。

そして――。

『こ、コイツ!!』

『ど、どこから来た!?』

しかし、エルフたちはノリが悪いのか慄《おのの》くばかり。

「――ハッ!!　ノリが悪いのね！」

ならばぁ、つきましては――。

「死ね。……そして、死ね。今すぐ死ねッ――愚にも劣る、薄汚いエルフめッ」

ジャキンッ!!

両手をクロスして、バカ長い武器《大型機関銃》をエルフたちに向ける。

『なんだぁこいつぅぅう!!』

『なめやがってぇぇええ！』

……それだけで両者のボルテージは最高潮!!

『……ざっけんなッ!!』

『一人でここまで来るとはいい度胸――やれぇ!!』

「月並みなセリフをありがとう――――」

だーかーらー……死ねッ!!

「もう死ねッ！　息もするなッ」

『ふざけろッッ!!　切れ、斬れ、キレぇぇええ!!』

ゴーグルをかなぐり捨てたモルガンが、残った乗員と共に一斉に抜刀。

エリカを斬り裂かんとする。

『馬鹿者！　迂闊に近づくなッ！　ま、魔法を――くッ……！』

だが、正体不明の敵の脅威を正確に認めたゴルガンが警告を飛ばす。

愚直に切りかかればいいというものではない！

大型とはいえ、飛竜の背中の上は狭いのだ。

その上を抜刀したモルガンたちが愚直にも一直線に突撃するのだから、味方が邪魔でゴルガンの魔法が放てない。

その様子をさも楽しそうにバーンズが見ている。

『ははは。実戦経験がないから、こういうことになる。精鋭かと思ったが所詮はスポーツ少年団だな』

事もあろうに、ぎゃはははは！　と大口を開けて笑うバーンズにゴルガンは苦々しく顔を歪め、口汚く罵ろうとしたその瞬間ッ。

『『ぶっ殺せぇぇぇえ！』』

始まってしまった……！

『よ、よせ――――』

しかし、ゴルガンの声が届く前にエリカがニコリと微笑み……。

「あはッ♪」

ズダダダダダダダダダダダダダ!!

『『ぎゃぁぁああああ!!』』

激しいマズルフラッシュが瞬き、エルフの精鋭たちをズタズタに斬り裂いていく。

それは一直線に並んでいたエルフを順繰りに撃ち倒し、徐々に徐々にゴルガンまで迫る!!

耳元をビュンビュンと銃弾がかすめていく。

そして、

『うぎゃあああ!!』

『あべしっ！』

もんどり打って、エルフの精鋭たちが飛竜から転がり落ちていく。

『なんだとぉぉおお!?』

数名が撃ち倒されたところでようやくモルガンが防御戦闘を指示。

しかし、間に合うものか……！

『ひぃ!!　け、け、結界をぉおお!!』

『『りょ、了解!!』』

バチバチバチと青白く輝く障壁を展開し、エリカの銃撃から身を護ろうとする。

だが、

『ば、馬鹿者！　そんなもので防げるか!!　く……。邪魔だ!!——ええぃ、バーーーーーーンズ!!』

モルガンたちの稚拙な戦闘に業を煮やしたゴルガンがバーンズを呼んだ。

「あは！　いたぁ♪　指揮官っぽいのみ〜〜っけ！」

しっかり、ちゃっかり見ていたエリカはゴルガンをエルフの指揮官だと認識した。

『ひぃ!!』

その凄惨な笑みに恐れおののくゴルガン。

『な、なにをしている！　数で押せッ！　殺せっぇええ！』

モルガンが勇気を奮い立たせて防御からの突撃を指示！

だが……。

「たった数人で、何《なあに》言ってんだか……」

ガシャキ!!

『怯むな！　防御結界を展開しつつ、前進ッ。奴を落とせ!!』

『『ハッ！』』

うぉぉぉおおおおおおおおおお!!

数名のエルフ兵が青く輝く障壁を展開したままエリカを押しつぶそうとして、
「効くわきゃないでしょ――」
ズダダダダダダダダ!!
至近距離で乱射に次ぐ連射!!
キキキキンンッ!!
　ガガガガガガンッ!!
『『うぉぉおぉおお!?』』
あっという間に障壁にひびが入っていき…………。
『ひぃいいい!』ぱりぃぃいいいいんん!!
――簡単に砕け散ってしまった。
『『ぎゃあああああ!!』』
ぶしゅううう……。
血しぶきを上げた精兵がバタバタと倒れ、飛竜の背から転がり落ちていった。
さらには、流れ弾が障壁の後ろにいたエルフを撃ち抜いていく。
その勢いのまま、ゴルガンを撃ち抜かんとして……。
まずは、モルガンが撃たれるッ!!
『よ、よせぇぇえええ!!』
「よさなーーーーい♪」
恐怖に濁った眼のモルガン。

あまりの恐怖に思考停止したかのようにピクリとも動かない。

キィン!!

そう、ピクリ…………とも?

……キィン?

「って…………バカな!?」

突如、硬質な音を立てて銃撃が弾かれてしまった。

突然の光景にエリカの表情が凍り付く。

「は、弾かれ……た?　徹甲弾を生身のエルフが!?」

7・92mmの銃弾を防いだのは……なんと————モルガン!?

「ば、ばかな!　ただのエルフが——」どうやって……。

『よう、久しぶりぃ』

そう言って、のっそりとモルガンの背後から現れたのは、かのエルフ——バーンズだった。

彼はモルガンの襟首をガッチリと握り込んで、まるで盾のように構えると、エリカを見てニヤリと笑う。

『おっと……。んっん～……あーあー。通じるかな?　こっちの方がいいか?　言葉、通じてるよな?』

いきなり流暢に話すバーンズを見てエリカの眉間にしわが寄る。

どうやら、エリカの顔を知っているらしいが……。

「お、お前……?　ど、どうやってアタシの攻撃を——」

「さぁねえ？――だけど、おイタが過ぎるぜ……分裂娘!!」

ドンッ!!　と、飛竜の背を蹴ってバーンズが疾走。

あろうことか、モルガンを盾のように構えたまま、エリカに突っ込む。

そのモルガンは先ほどと変わらず驚愕の表情のまま凍り付いている。

それはあたかも、まるで時間が……。

「おらよっとぉぉおお！」

しかし、冷静に分析する暇もないまま、エリカは硬直したモルガンを盾にしたバーンズに押し込まれていく。

「――く！　み、味方を盾にぃぃい!?」

その予想外の動きにエリカが驚き、バックステップ。

「だが、所詮は人体――吹き飛べぇぇええぇ！」

そのまま、ズダダダダダダダダダダダダ！　と連射連射連射!!

「ははは。無駄無駄無駄無駄ぁぁあ！」

キィン、カァン、キン!!

高笑いするバーンズは、まるで煽《あお》り立てるように、エリカの銃撃を跳ね返す。

そのすべてが、耳障りな音を立ててモルガンに当たって跳ね返っている。

「……んな!?　ど、どうしてぇぇえ!!」

「さぁ、どうしてだろうな？　クカカッッ」

（こ、コイツ……！）

ここに来て初めてエリカの顔が焦りに歪む。

その顔を見て愉快だと言わんばかりにバーンズが嘲笑《あざわら》う。

「カッ。いいねぇ、その表情――いつ見ても可愛いじゃないか？」

「何だと貴様――……！　アタシはお前なんて、知らん！」

エリカは見ず知らずの男に笑われることに不快感を覚える。

だが、どうしてだか、ただの挑発だとも思えなかった。

なぜなら、

「………お前。さっき、分裂娘とか言ったわね？」

分裂……。

分裂娘？

まるで、ガンネルのことを見知っているかのような……。

「お、お前は、まさか――」

カッ！

「おうよ。よく知ってるぜ――……っと、その前にそろそろ限界かな？　なんせ、慌ててたからなー」

ピク――と、盾にされていたモルガンの身体が動く。

あれ程銃弾を食らったにもかかわらず無傷のまま、ピクリピクリと……。

(この動き――……まさか!!)

まるでルビンの『タイム』をくらい、硬直が解ける寸前の動きにも見える。

だが、タイムで硬直しただけの人体が銃弾をはじき返すなんて聞いたことも――……。

それでも、これは――!!

「お、お前!!」

「カッ！　ようやく気付いたかぁ？」

あぁ、そうだ。

間違いない……。

この男は――。

「まさか、その兵士の時を止めたのか!?」

カッカッカ……!!

「正解――!!　そして、こうだっけ？　『死ね、愚にも劣る、薄汚いエルフめッ』だったか？」

ニヤリと笑うバーンズはご丁寧にもエルフ語でエリカの口調を真似ると、

「――カッッッ!!　同感、だ……ねっと!!」

一気に言い切り、モルガンの身体を投げ捨てる!!

それも、エリカに向かってぇぇぇえええ！

ブンッ！

「――ぐ!!　こ、この！」

ガイン!!

思いっきり投げつけられたモルガンの身体を払いのけ、バーンズに銃撃する。

ズダダダダダダダダダ!!

　　キィンキィン！

　　　カンカンカン!!

「対時空魔法を想定されたアタシにいつまでも通用すると思うなよッ！」

　やはり跳ね返される銃弾。

　しかし、『タイム』は永遠に持続はしない…………はず!!

　エリカの思った通り、このまま跳ね返され続けるのかと思いきや……。

『な？　なんだ——ひぇ！』

　——そして、時は動き出すッッ!!

「もらったぁっぁあああ!!」

　ズダッダダダダダダダダダダ！

『ぎゃあああ！』

「見たか——」

　ブシャァアアアア！　と、モルガンの身体が破裂して血煙が吹き上がる。

　その血がフッッとバーンズの姿を覆い隠す。

「——な!?」

　し、

（しまった……！）

　一瞬ではあるが視界を覆われてしまったエリカ。

　思わず顔を覆ったその瞬間!!

「……カッ！　戦闘中、敵から目を逸らすなッ——分裂娘ぇぇ」

ドゴォォオオ!!

思いっきり腹に衝撃を受けたエリカが飛竜から投げ出される。

「カハッ……」

そのまま、身体を「く」の字に曲げて無防備な格好で空へ。

『や、やるじゃないか、バーンズぅぅぅう！』

そこにゴルガンのご機嫌な声とバーンズの笑い声が降り注ぎ、

憎々しく飛竜を見上げるエリカ!!

「はっはっは！　どーんなもんだぃ」

（……ち、ちくしょう!!）

猛烈な勢いで落下していくエリカ！

そこに、先に降下したらしきエルフの空挺兵の間を凄まじい速度で通り抜けていく。

いつの間にか周囲は、重力魔法『緩降下《スロウデサント》』で、降下中のエルフ空挺兵でいっぱいだ。連中は魔道具の補助を借りながら魔法を制御しつつ、ゆっくりと地上に向かって降りているらしい。

「ち……。邪魔だッ失せろ!!」

ズダダダダダダダダダダダダ!!

『『ぎゃあああああああ！』』

空挺降下中の無防備なエルフを容赦なく撃ち殺していくエリカ。

しかし、それくらいでこのムカつきは収まらない。

落下速度も止まらない!!

だから、彼女は叫んだ!!

「ガンネルっっっ」

ぶわっ!! と、無数の球体が現れ、エリカの身体を包んで落下の衝撃を相殺する。

そうして空中で制止するも、顔を歪めてエリカが咆哮《ほうこう》した!!

すぅぅぅ……。

「このクソ野郎!!」

ビリビリビリビリ!!

夜のダンジョン都市にエリカの声が響く!

「今すぐぶっ殺してやらぁぁぁああああああ!!」

がぁぁぁあああああああ!!

「はーっはっはっはっはっは! まだまだ甘いなぁ、分裂娘ぇ」

空を見上げれば飛竜に乗ったバーンズが高笑いをしている。

そう。俺の勝ちだと誇っているのだ……!

それが、
それが……。

それがムカつく!!

ムカつくから降りてこい!!

降りてこいよ、クソエルフがぁぁぁああ!!

「おうよ！」

バッ！　と飛竜から身を投げたバーンズ。

その様を見て、さすがにエリカも目を剝《む》いた。

「な？　うっそ……!?」

まさか本当に降りてくるとは思ってもみなかった。

そして、その驚きの表情すら楽しまれていることに気付いてエリカが顔を紅潮させる！

「な……。な……。な――。あ、あ、アタシを、舐《な》めんなぁぁあああ！」

「カカっ」

バーンズはヒュルヒュルと自由降下し、エリカのすぐそばまで来ると、

「――第二ラウンド開始と行こうか？　分裂娘」

ニヒルに笑うバーンズは、

「見ろよ？　お前らがいた頃のエルフとは違う。今は、どうも魔法だけじゃないらしいーぜ」

ボンッッ!!　と、エルフ空挺兵ご用達――予備落下傘を使用して降下速度を相殺して見せた。

第38話「黒き女は、激昂する」

　フワリフワリ……！

　怒り狂うエリカの目の前で落下傘を展開したバーンズが不敵に笑う。

「カッカッカ。重力魔法と違って、こりゃ便利だねぇ。ドワーフどもから鹵獲《ろかく》した技術らしいが――『緩降下《スロウデサント》』魔法の発動エラーや地上からの妨害魔法に備えた緊急時に使用する予備の落下傘って言うらしいぜぇ」

　時代が違うと言って笑うバーンズのその表情。それを見たエリカは、馬鹿にされていると思い、怒り狂うッ。

「……舐めるなと言ったぁぁあああ！」

　ジャッキン!!

　ガシャガシャガシャガシャ!!

　エリカの持つ武器とガンネルが一斉にバーンズを向く。

「今度は蜂の巣にしてやるぁぁあああッ」

「おっと～！」

　ズダララララララララララララ!!

　ダラララララララララララララッ!!

　猛烈な火箭《かせん》が一斉に発射され、無防備に浮かぶバーンズを撃ち抜くかに見えた。

「あっぶねー!!」

しかし、バーンズは落下傘のバンドを外して、一人だけ先に落下する。

「あっぶね！　やっぱ、俺はこっちだな――――『緩降下《スロウデサント》！』」

器用に重力魔法を使うバーンズは、エリカとガンネルの銃撃をするりと抜ける。

おかげで、その銃撃は付近を降下中のエルフを撃ち抜くだけでバーンズを捉えられない。

「こっの！」

――逃がすものかぁああ！

降下中のエルフ兵など的もいいところだとばかりに二丁機関銃とガンネルを向けるエリカ。

「今度こそ、死――……」

ガンネルから飛び降りた、エリカはバーンズを追って自由降下――……しようとした瞬間、目を疑う。

ば、ばかな……!?

「ど、どうやって――!?」

「ははっ。これが本当の時空魔法の使い方さ――……覚えておくんだな、分裂娘。いや」

ニィと笑うバーンズ。

「――対エルフ、対時空魔法のガンネルコマンダーよ」

「……き、貴様ッ！　なぜそのことを!?」

エリカの真下に、バーンズが。

（い、いつのまに――――……っていうか？　なによ、それはぁぁあ!!）

驚愕するエリカ。それというのも――。

「ど、どうやってぇぇぇぇえええ!?」

なんと…………。なんと！　なんとまぁ、バーンズは、他の空挺降下中のエルフ兵の頭の上に乗ってエリカを見上げているのだ。

「カカッ、教えるわけねーだろッ」

キリリリリリ……。

不敵に笑うバーンズは支給された弓を引き絞っていた。

そして、狙いをつけて……──シュパァアン!!

ッッ!!

「がぁぁあ！」

首を貫く一撃にエリカの悲鳴が漏れる。

しかも、ご丁寧に強化魔法付きの一撃──！　ゴキリと首が嫌な音を立てて曲がる。

「か、かはぁ……」

姿勢を崩したエリカが、ガンネルに支えられながら高度を落としていく。

それを追うようにバーンズはひょい、ひょいと空中を歩く。

……いや、正確には違う。まるで歩くかのように空中に静止したエルフ空挺兵の上を伝っていくのだ。

「対エルフ……。対時空魔法……。人類連合軍の最後の希望──」

ニヤリと笑うバーンズ。

その様子を信じられないものを見る目で見上げるエリカ。

「よーするに、だ」

（こ、こいつ……！）

空挺兵沿いにエリカに追いついたバーンズはカカカッと口の中で笑い、エリカを見下ろすと、

「――分裂娘よぉ……。お前は俺の天敵――って奴だろ？　つまり」

トンットンッ！

と、軽やかなステップで、まるで飛び石の要領で空挺兵の頭を足場としてエリカの頬に触れた。

「き、きさ、ま……」

ブクブクと血の泡を吐くエリカは、超回復が間に合っていない。

「天敵なら、なおさら研究するってもんよ？――だからよぉ、お前さんが寝てる間、俺もずっと考えていたんだよ」

頬を撫でられながらも、エリカは懸命に回復に努める。

努めるのだが…………遅い。

（お、遅い……！　なんで？　なにが!?）

――なぜか!?

「カカッ。なんで回復が遅いのかって顔だな？」

ニヤリと笑うバーンズ。そして、意地悪く奴は種明かしをした。

「俺の時空魔法の威力はどうだい？　さっき、矢を撃った時な…………少～～～～しだけお前さんの時間を遅くした…………。少しだけな。……どうだい？　それくらいなら気付かないもんだろ？」

「な……!?」

そう。

エリカは回復はしていた。

だが、その速度が著しく遅くなっていたのだ。

しかし、回復しているからこそ気付くのが遅れた――!!

「こ、の……」

種が分かれば――……。

エリカは自身の予備システムとして、ガンネルを一つ吸収しようとする。

タイムの影響は予備システムのガンネルすべてには及んでいないはず――。

「ガンネル――」

「させるかよ。……ほい！　仕上げ――」

最後の一手とばかりに、剣を引き抜き躊躇なくエリカの首を――ぞんっ!!　と切り落とした。

「ッ――……かは」

目をぱちぱちと、しばかせながらエリカの生首が宙に舞う。

そして、首と切り離された胴体がグラリと傾く――。

しかし、エリカ・エーベルトはこれくらいでは死なない……。首が一つ落ちようが、周囲にはガンネルが集まっている！

だてに不死身の――。

「ま、これくらいじゃ死なんよな～」

――ゾンッッ!!

素早く手近のガンネルを吸収したエリカは即座に戦闘力を……え？

「ガンネル――なに!?」

「ほい、次」

スパンッ!!

「な――!?」

驚愕したエリカの首が再び宙に舞う。

「ガンネル！」「ほい、次！」

さらに舞うエリカの首！

スパンッ、スパンッ!!

ガンネル！　ガンネル!!

「ほい、ほい！　次、次、次々ぃぃぃぃ！」

く……！

焦りに表情を浮かべるエリカ。

無敵と豪語したエリカが顔を青く染め、額にうっすらと汗をかく――。

「む、無駄よ！　い、いくら刎《は》ねても――」

む、
無駄……。

ギリリと、歯ぎしり……。

そして、

「無駄無駄無駄ぁぁぁあああ！」

「ほいほいほいほい！」

スパン、スッパン、スパーーン、スパぁぁン!!

「無駄だって言ってるでしょぉぉぉぉぉおおお！」

そのたびにガンネルを使用し、何度も再生・再構築するエリカ。

しかし、そのたびに、そのたびにバーンズはエリカの首を刎ねる！　刎ねる!!

刎ねる、刎ねる、刎ねる！

――――だが、死なぬッ!!

「ガンネルッッ!!」

スパァァァアンッ!!

「はっはっは!!　甘い甘い甘ぁぁぁあい！　それで対エルフだぁぁ!?　それで対時空魔法だぁぁ!?」

――カッカッカッ!!

「…………それはすなわち、対『俺』だということだろうがぁぁあ!!」

スパパパパパパパパパパパパン!!

高速の剣技で何度もエリカの首を刎ねるバーンズ。

エリカがガンネルの予備システムで復活しようとも遠慮など一切しない！

「俺が『俺』の対抗策を、黙って待つわけねーーーーーーだろうがッ」

バーンズは叫ぶ。

そして、対抗策があると豪語し、それはすなわちエリカに反撃の暇も与えずにプラットフォームたる身体を使えなくすることだという。

その攻撃……！

その追撃……！

その連撃……！

反撃の暇もなければ、首を再構築する暇もない！

もはや、まともに反撃すら…………。

「――な〜んてね……」

バーンズが刎ねたエリカの首が、空中でニヤリと笑う。

そして、

「「「あはははははははははは!!」」」

刎ね飛ばした首が暗い夜空に消えていきながら一斉に笑う。

まるでバーンズの行動がすべて無駄だと嘲笑うかのように――。

「……アタシを舐めるなッ」

そうして、再構築することなく、刎ねられた生首が叫ぶッ！

GANER《ガンネル》ッッ!!

「「「「…………身体がなければ反撃できないと思ったのかしらぁっぁああ!?」」」」

ザァァアア……！

まるで雨が降るかの如く、ガンネルが無数に寄り集まる！

そのまま、身体を再構築しようとせず、ガンネルだけが殺意を持ってバーンズを取り囲んだ。

群体状《スウォーム》のガンネル——それこそが、ガンネルの本領だ!!

ひとつひとつのガンネルがエリカで、
無数の意志をガンネルに内包したエリカもガンネル。

全てのガンネルは、エリカの意志を共有している——……。

だったら、身体を無理に再構築する必要もない！　身体がなくとも戦えるッ!!

「「「「おいたが過ぎたわね、エルフェェェン」」」」

……——だから、プラットフォームにしか過ぎない『身体』にこだわる必要はない!!

ガンネルの全火力を集中……ッ！

　死ね、くそエルフ。

黒い群体《スウォーム》の中でエリカの意識が笑う。

ニヤリと笑い、バーンズをその射程にとらえる——……！

——しかし!!

「それを待っていたんだよ——来いよ、分裂娘」

バーンズもまた、ニヤリと笑っていた。

そして、挑発するようにチョイチョイと手でエリカをこまねきすると——……。

「「「「だ、黙れぇっぇえええ！」」」」

激高したエリカが叫ぶッ！

((((か、完全な奇襲のはず……))))

いける。

倒せる!!

　奴を殺せるッッッ!!

「「「「死ねぇぇぇえ」」」」

ジャキンッッ!!

群体化したガンネルの正面から銃口が覗くッ！

「カッカッカッ。いつまでも能書きたれてないで、さっさと来いよ――――分裂娘」

――黙れッッ！

「「「「発射《フォイエエル》ぁぁぁあ!!」」」」

ズダダダダダダダダダダダダダダダ!!

ズダダダダダダダダダダダダダダン!!

一斉射撃!!

「「「「あはははははははッ」」」」

余裕ぶっていられるのも今のうちだけよ！

――これが躱《かわ》せるかぁぁぁ!?　いっぺん、死ねッ!!

「「「「エルフは死ねぇぇぇえ」」」」

「…………カッ！　――こんな奴を封印するために刑務作業させられていたとは呆れるねぇ」

乱射される銃撃に恐れをなしたのか、バーンズが剣を捨ててまた、バッ!!　と中空に身を躍らせた。

そして、そのまま降下中のエルフ兵に飛び込むと、

『うわ!?　な、なんだお前は!?』

「——黙れ」

メリッと、エルフ空挺兵の顔面を握りしめたかと思うと、輝く魔法陣を描き時空魔法を発動させる。

もちろん空挺兵は暴れるも、

『離れろ、この——』

みなまで言わせず、エルフ空挺兵に魔法をかけると動きを止めた。

「……盾がしゃべるな、うぜぇ」

同胞にもかかわらず情けも容赦もなく、盾呼ばわり。

カチーーーン……と、硬直したエルフ空挺兵。まったく身動きもせず、その上空間ごとの静止！

それは効果範囲内の全ての時空を止めるバーンズ独自の時空魔法のもので、降下中の空挺兵ですら例外ではない——。

「撃ってこいよ分裂娘。時空魔法がどういうものか教育してやるぜ」

「「「「はん！　今更ぁッ！」」」」

『タイム』ごときで何ができる。

「「「「そんなものでぇぇぇええ」」」」

防げるかぁぁぁあああ！

「いいから、撃てよぉ」

「「「「望むところだぁぁあああ」」」」

発射《フォイエル》ッ！

一斉に指向される銃撃が狂おしい銃撃音とともに、空間を轟音に包み込む。

生きとし生けるものを全て肉塊に変える咆哮が、バーンズとその盾にされたエルフ空挺兵を

貫く——…………。

が、

パキキキキキキキキキキキキン!!

パキキキキキキキキキキキキン!!

「「「な、なにぃ!?」」」

しかし、その銃撃があろうことか目の前でエルフ空挺兵の生身の身体によって跳ね返される。

「「「ば、バカな!!　な、生身で弾き返すだなんてッ!?」」」

繰り返す銃撃はすべ跳ね返される。

それどころか、当の撃たれたエルフ空挺兵にも傷一つない……。

「どうよ？　これが本物の時空魔法——その名も」

『時間隔離《アイソレーション》』だ！

それはルビンの使うタイムとも、レイナの使うタイムとも違う、別種の時空魔法——。

そのことに驚愕しているエリカ。

「「「時間、隔離だとぉ……」」」

これがバーンズの使う時空魔法の一つ。

「……カカッ！　これがタイマーの本領さ。本当の時間使い、本物の時空魔法だっ!!――――
・・・・・
時空を操るってのはそういうことなんだよッ」

バーンズは小さく口を動かしてエリカを見やる。

そして、笑った――――。

これこそが、エルフにすら恐れられる禁魔術で、エルフの禁魔術師バーンズの使いこなす魔法の力！

「ただ『時間』を止めるだけの『時間停止《タイム》』とは違うぜぇ？」

その魔法の真意とは――。

「……時間から隔離し、全ての干渉を排除するッ。それが時空魔法『時間隔離《アイソレーション》』だ！　こいつぁ、無敵の盾であり、最強の剣でもあるのさ。つまりよぉ、時間の干渉を受けなくなれば肉体は傷つかないし、年も取らん！　つまり、ありとあらゆる時間の干渉から『隔離』されるんだよ！」

バーンズは、時の理《ことわり》から隔離したエルフ空挺兵を盾にして……本当に銃撃を防いでみせると、エリカの攻撃を嘲笑った。

「「「お、おまえが……え、エルフの禁魔術師!?」」」

エルフが躍起になって禁魔術を取り締まっていることは聞いていたが――。

これほどとは……！

「カッカッカ！　惜しかったな――分裂娘。お前さんの攻撃……悪くなかったぜ？」

まるで、エリカをよく知り、
まるで同じ時を生きてきたもののような――――……。

そこでハッ！　としたエリカ。

脳裏に一つの考えが浮かんだ。

まッ！

「「「ま、まさか……！」」」

バーンズが語っていたセリフが脳内を駆け巡る。

「「「時空を止める……」」」

「「「分裂娘……」」」

そして、
お前さんが寝てる間、
俺もずっと考えていたんだよ……。

「「「……ね、寝ている顔をって――――まさか、お前!!」」」

エリカの身体が徐々に再構築されていき、彼女の驚愕した顔をバーンズも正面から見る。

「……カッ、今頃気付いたか？　鈍いなぁ、分裂娘」

「そ――」

そうか……。

そうだったのか…………。

「カッ‼　そうさ……」

不死身の兵士であるエリカがエルフごときに敗れるはずがない。

人類連合の期待を一身に背負った最終兵器――……ガンネルコマンダー。

エルフはエリカにだけは絶対に太刀打ちできないはずだった……。

だが、為すすべもなく眠らされていたのは――なぜか⁉

その答えがコイツ。最強で、最悪で、最低の禁魔術――……。

「え、エルフの時空魔法使い！　お前か――」

お前なのか⁉

今になってエリカは気付いた。否、気付いてしまった。

この不敵なエルフの兵士の態度と、あの戦争と隣り合わせの臭い……。

人類の命運をかけたあの戦争の空気を纏《まと》ったこの男と、しゃべり方……。

そして、

「あああああああ‼　お、お前がぁぁぁああ‼」

「カッ‼――はぁーっはっはっはっは！　おっせぇぇえんだよ、気付くのがぁぁぁあ‼」

「――お前が私を封印した禁魔術師だったのかぁぁぁあああ‼」

時の神殿などという、ふざけた名前で施設を隔離し、
まともに戦っては勝てないから、禁魔術を使った卑怯者。

そして、エリカを時の牢獄に閉じ込め、
戦争に関わらせることもなく――あの施設ごと、丸ごと時間停止させ……エリカを封印して

いたクソ魔法とクソ魔法使ぃ。

「そう、そうだったのね……」

こいつがクソ魔法とエルフの術士――……!!

…………エリカの仇敵ッッッ。

「「「――殺すッッッッッ!!」」」

ブワァ!!

エリカの殺意を纏ったガンネルが山のように盛り上がり『殺意』を銃口に乗せる。

「……殺ぉぉぉぉおおすッッッッッッッ!!」

一切の容赦もなく、殺すッッッ!!

ただ、殺すッッ!

アタシの愛しい人々を時空の彼方に追いやったお前を殺す!!

アタシの依るべき自我を奪ったお前を殺すッッ!!

アタシの全てを風化させたお前を殺すッッ!

アタシの……………。

アタシの…………。

アタシの時間を、

「――返せぇぇぇっぇぇええええええええ!!」

バーンズの反撃がないことを知るや否や、一気に身体を再構築して完全な全身を取り戻す。

そして、憤怒の表情に染め、バーンズを睨む。

……全てを知ったエリカは激高し、ガンネルを夜空に展開し全火力を解放する!!

「榴弾発射用意《グラナートフォバハイトゥン》ッ！」

いつもの機関銃ではなく、飛び切り強力な火力!!

無数のガンネルからは、ニョキリと太い筒が顔を出し――――バーンズを指向する!!

目が覚めたら誰もいなくなっていた。

目が覚めたら世界は変わっていた。

目が覚めたら愛しい人々はどこにもいなかった。

目が覚めたら…………自分が誰かもわからなくなっていた。

目が……………。

「――――お前も千年眠ってみろぉぉぉぉぉぉぉぉおおおおおお!!」

「はっはぁッ♪」

不敵に笑うバーンズを吹っ飛ばしてやると息巻くエリカ。

いくら『時間隔離』が強力だろうが知るか。

どれほどの装甲であっても貫くこいつ《パンツァーファウスト》を防げるものか！

「大げさだぜ？　分裂娘よぉぉ」

「やかましいいぃっぃいいいい!!」

何十という、榴弾発射筒が一斉にッッ!!

「死ねッ！」

……時の彼方までぶっ飛ぶがいいッ！

すぅぅぅ……。

「――発射ぁぁぁあ《フォイエェェェル》!!」

……バーンズ目掛けて発射された――――!!

「カカッ♪」

第39話「黒き女は、墜落する」

――ゴォォォォオオオオオオオオ…………!!


全弾発射。

全弾命中……!!

全、消滅…………。

「はぁはぁ、はぁ…………」

モクモクと立ち込める煙のなか、ガンネルの上でエリカが荒い息をつく。

心なしかガンネルの動きも不安定に見えた。

「や、やったかしら……?」

これだけの集中射撃だ。

しかも、装甲貫通力の高い対戦車榴弾の発射。

効かないはずが――――……。

「――……そーいうのをさ、フラグって言うんだぜ?」

「ッ!?　な、ば、バカな!?」

モクモクと立ち込めていた煙が風にあおられて晴れていく。

そこには、カチンと凍り付いたエルフ空挺兵と……。まったくの無傷のバーンズがいた。

「ったく、加減ってのを知らんよな――お前ら人間は、さ」

う、うそでしょ……!?

「ど、どーやって……」

「どう？　カッ、なんもしてねーよ？　ただ、隠れてただけさ――」

こんこん、と凍り付いたエルフの空挺兵を叩いてみせる。

「ば、かな……！　パンツァーファウストよ!?　２００ｍｍの装甲だって貫くのにぃぃ――!!」

エリカの顔が蒼白に、それは射撃を防がれたこともさることながら……。

「カッカッカ！　パンツァー何とかがどうか知らんが、時間から隔離したんだぜ？　俺以外の干渉を受け付けるものかよ。それが『時間隔離《アイソレーション》』で――全ての時間から隔離するってことさ。つまり、どんな武器でも貫けやしねぇってこと。…………たとえドラゴンのブレスでもな！」

「そ、そんな……。馬鹿な――」

ヨロリと揺らめくエリカ。

「おっと、そろそろか？」

「なにを……。まだまだ、アタシは――負け……」

クラァ……。

（な、なに、これ――）

エリカの顔面が蒼白になる。

そして、彼女の体調の変化に合わせるように多くのガンネルが浮力を失い、バラバラとほどけていく……。

「――ま、負けて、な……」

ガクリとガンネルの上で膝をつくエリカ。

肩で息をして、起き上がることもできない。

そして、僅かな足場を残して大半のガンネルが落下していき、地上で爆ぜていく。

「いーや。負けさ。どうだい？　そろそろ、目の前が暗くないか？　身体が寒くないか？　指に力が入らず――足元が覚束ないだろ？」

ぐ……。

（うまく……ガンネルが動かせない――）

「な、なにを――……した？」

「カッカッカッ！　俺はなぁんにもしてないぜー」

ニヤリ
「ぐ、が…………」

ついに、エリカの瞳から光が消える。

そして、言葉も発せずに…………ただ、手を伸ばす――。

愛しき人たちの怨敵《おんてき》。

自分にとっての仇敵《きゅうてき》――……エルフの禁魔術師。

恐るべき「タイマー」のひと、り。

（こいつだけでも……）

死なばもろとも……！

だが、もはやエリカの視界は暗く、感覚も僅かに聴力だけがある状態。

それでも、バーンズに一矢報いんとするが、もはや動くことさえできない。

「……カッ♪　どうして急に倒れたのかわからないって顔だなー？」

「ッ……ぁ、か」

まさにその通り。

現状に疑問を感じるエリカの耳をバーンズの不敵な声が打った。

「――カカッ！　人類連合の生み出した最強最悪の人造兵器、ガンネルコマンダー。それは無敵で不死身の兵士となるはずだった……。だが、欠点が一つだけあるんだよな？　そーだろ？」

（それがどうした……！　あ、アタシに。け、欠点……？　欠点なんて………）

ニィと笑ったバーンズ。

チッチッチ……！　と、厭味ったらしく指を振ると、

「…………つまり、燃費《カロリーの消費量》の悪さ」

「な!?」

か、カロリー……？？？

何を言われているのかエリカにはわからなかったが、バーンズの話は止まらない。

「……カカッ。そりゃ、あれだけの分裂個体を維持するんだ。並大抵のエネルギーじゃないわな、つーことで――」

……意外なガンネルコマンダーの弱点。

確かにガンネルを動かすには大量のエネルギーが必要だ。特に複数のガンネルを同時に動か

す際は、より多くのエネルギーを消費する。

(だ、だからアタシを挑発して、攻撃を誘発していたのか――――!)

「――腹が減ればお前は動けなくなる……。だから、俺の勝ちだ。あばよ、分裂娘ぇ、チャオ～♪」

カッカッカッ♪

……フリフリと手を振るバーンズの姿も目に入らない。

もはや、エリカは喋ることもできない。

「ぅ、ぁ……」

生まれたての小鹿のように震えるエリカを見て、バーンズは、ふと思い出したように言い放った。

「……あッ！　そーそー。さっき、お前さんが宣《のたま》ってた、愛しい人だの自我がなんだのというあれだがな」

(な、に……？)

「お前さんは、……人間のつもりだったのか？」

目が見えないエリカにも、バーンズが口角を上げて笑っている様子が脳裏にありありと浮かんだ。

「クカカッ――……兵器でしかないお前に待つべき人も、愛する人も――――ましてや自我なんてあるわけねーだろ、バーーーーカ」

な!?

エリカの中で何かがガラガラと崩れ落ちていく感覚。

寄るべきもの。

あると確信していたもの……。

人間だと信じていた――。

自分が記憶を失っているだけだと……そう思っていたのに。

(……あ、アタシは――……ただの、兵……器?)

愛しむべき人も、
千年前にいたかもしれない友人も、

「何も……」

何もない――。

本当の意味で目の前が真っ暗になったエリカは、重力に引かれて、絶望とともに落下しはじめる。

誰も、何も、自分も……何も残っていない、と。

千年前の試験管の外で自分を見つめていたドワーフの技師の顔も、
エルフに追い詰められ絶望していたエーベルト工廠《こうしょう》に避難してきた人類の家族の顔も、
希望を託すと言われた上官らしき人の顔も――……。

みんな、みんな……。

みんなアタシの願望が生んだ記憶だったというの――!?

そんな……。

「そんな……」

(そんなぁぁぁあああ!!)

『俺はお前のこと嫌いじゃないよ?』

(あ《マ》、主《マインヘア》……?)

人間じゃないと言われ、存在を全否定されたエリカは、どす黒く染まる脳裏の中で、ルビンの言葉を思い出していた。

唯一無二にして、間違いなくこの耳で聞いた本当の言葉――……。

『そ、それに…………

……仲間だと思っているよ?』

「…………あ《マ》、るじ《インヘア》」

エリカの目から涙が一筋――。


「いい夢見ろよー、分裂娘」

それを確認すると、チバッ♪　と似合わないウインクを投げるバーンズ。

そんな様を虚ろな目で見るエリカは、ついにグラリと倒れると、足場のガンネルも浮力を失い。高度を……。

――ひゅぅぅうううう…………。

「せいぜい、次に目が覚めるときは平和な時代だといいわな――カッカッカ!」

バーンズのあざけりを受けつつ、エリカはガンネルとともに街へと落ちていく。

微かに爆発音のような落下の衝撃を感じた気がしたが――あとには濛々《もうもう》とした土煙が立ち昇り、もはや何も見えない……。

その様をジッと見下ろしていたバーンズであったが、ホッと胸をなでおろす。

「ふぃぃ…………さすがに手ごわいねーガンネルコマンダー。……さーて、一番厄介なのはやったことだし、次はタイマーどもの番だな」

……カッカッカ。

「楽しいねぇ、巷《ちまた》は！　たまには外で息をするのも悪くねぇ！」

カーーーーッカッカッカッカッカ!!

さぁ、待ってろよガキども。

先輩が時空魔法の使い方を教育してやるぜ。

「ふふふふふふふ」

クカカカカカカカカカカ！

「カッカッカ!!」

夜空にバーンズの笑いが響き渡る。

『時間隔離《アイソレーション》』を乱発しながら、悠々とエルフ空挺兵の上を歩いていく。

さながら空の階段を下るが如く、街中に降下しているエルフ空挺兵を無造作に踏みつけ、時空の彼方へと隔離しながら降りていく。

そして、エリカの戦いはここで――――。

バガーーーーーーーン!!

いや、そんなはずがない。

「あ《マイン》、る《へ》――――……」

街の片隅で、屋台の残骸を吹き飛ばして、瓦礫《がれき》の中で起き上がる影が一つ。

それは、空に手を伸ばして泣く――。

エピローグ「そして、陰謀は蠢く……」

チカッチカッチカッ！！

夜の路地に潜んだエルフの密偵が、安宿の屋根の上に魔道具を出して光を点滅させている。

使用している魔法は初歩の初歩だが、それだけに魔力の逆探知も少ないのだ。

「お、今のは？」

「静かにしていろ、下等生物ッ！」

「な、なんだと!?」

チカッチカッチカッ!!

再び点滅する小さな光。

宿の密集する地域とはいえ、この辺はグレードの低い宿ばかりなので、十分に遠くからでも見渡せる。

ピキキ……。

アルガスは下等生物と言われたことに内心苛立ちを覚えつつも、傍に控えているエリックのフルフルと首を振る仕草に文句を呑み込んだ。

「（……今は我慢しろ。もうじき用が済む――そのあとは……）」

「（お、おう。わかってるさ！）」

アルガスはフンスと鼻息を荒くつくことで苛立ちを吐き出すと、むっつりと押し黙る。

しばらくは誰もしゃべらずに路地にシンとした静けさが立ち込めた。

猫一匹通らない静かな夜――――……。

そこに、

チカッチカッチカッ！！　と遥か上空で瞬く光が見えた。

「お！　あれか？」

「ええい、黙れと言っているだろう！　下等生物ッ」

忌々しげに吐き捨てるエルフの密偵は、アルガスを怒鳴りつけると、同じく発光信号で返信する。

その様子を物珍しそうに見ているエリックたちは、飽きもせずにエルフたちの信号のやり取りを見続けていた。

そして、長いような短いような光の通信が終了すると、エルフの密偵は深くため息をつく。

これで任務終了。

接近しつつある、エルフの空挺部隊との繋ぎはついた。

あとは、軍人の仕事だ。

「撤収まで付き合う必要はない。器材は俺が片付ける」

そう言って、テキパキと魔道具を収納していくエルフの密偵だが、ふと視線を感じて顔を上げると、エリックたちが揉み手をしてた。

人の街に潜入してそれなりに長い。

だから、彼等の言わんとすることも分かった。

「そのぉ、エルフの旦那……」

「あぁ、わかってる。ほらッ。報酬だ――」

ジャリン！　と音のする革袋をエリックに投げ渡すエルフの密偵。

内心、「俗物めッ」と吐き捨てているが、それだけで、もう興味を失ったかのように器材をまとめると背に担ぎ、身を翻す。

積極的に人間と関わるのもうっとうしい。

「じゃあな、下等生物。せいぜい仲間を売った金でうまい飯でも食うがいいさ」

キッチリと嫌味を言い残して去ろうとする。

この先街は喧騒に包まれるとわかっているのだ――。

他でもない、エルフの大部隊を呼び寄せたのは、この密偵の報告があったからこそ。

そのことだけは、ほんッッッの少しだけ罪悪感を感じなくもない。

……それなりに長く赴任していたため愛着がないでもなかったが、――それでも任務は任務だ。

「へへ。ありがとうさん」

「ああ、せいぜい有意義に使わせてもらうさ」

アルガスは慇懃《いんぎん》に礼を言い。

エリックは嫌味には嫌味で返す。

それを見て、下等生物らしいと首を振りながらエルフの密偵はこの場を去ろうとした。

だが、

「おっと、待ちなよ」

「そうそう。まだ忘れているんじゃないか？」

突如、エリックたちが剣呑《けんのん》な空気を纏《まと》ってエルフの密偵の背後を塞いだ。

「んん??………わ、忘れているだぁ？　金ならボーナス付きでくれてやっただろうッ」

不穏な空気を感じ取ったエルフは、そっと腰の細剣に手を伸ばしつつも会話を続ける。

「おいおい。ボケてんのか？　忘れてるじゃねぇか——……その首をよッ」

「おうよ。街を壊滅に追い込んだ張本人。………きっと『A級』はくだらないクラスの首級になるだろうさ」

な、

「何の話だ!?　首だと!?　つ、付き合い切れん。二度と俺の前に顔を出すなッ」

そう言い捨てると、身の危険を感じたエルフの密偵は踵を返し、一気に路地を駆け抜けようとした。

そこに、

「……あーら。どこに行くのかしら？」

路地の奥からヌッと現れた女が一人。

「ッ……。っと、何だお前か。邪魔立てするなら容赦せんぞ!?　それに、報酬ならボーナス付きでお前の仲間にくれてやったじゃないか。——いいからどけッ」

「………………なんで？」

キョトンとした顔の神官女——聖女メイベル。

「なんで、だと？　これだから下等生物は……。いいから、どけッ。もう金輪際、俺たちに関わるな」

「えぇ、それは重畳《ちょうじょう》。――私たちも、賞金首相手にこれ以上関わる気はないわ？」

………は？

「い、今、何と言った？　聞き間違いでなければ――賞金首と……」

「そうよ。聞き間違いじゃないわー。……だって、アナタは薄汚いエルフだもの。それも、街を滅ぼしに来た張本人で、長年ダンジョン都市に潜伏し――今日、まさに厄災をもたらした悪魔の手先ですもの～♪」

「は？　何を言っている。それはお前たちの仕業だろうッ！　第一、俺には賞金なんぞ懸かっていな――……」

ブシュ――。

「い、ぞ？　――が………ガハッ」

「いーや。懸かるのさ、こ・れ・か・ら・ね」

ニヒッ。

そう言っていやらしく笑ったエリックが、エルフの密偵の喉を刺し貫くと、
ゾンッッ!!

――そのまま剣を薙《な》いで首を落とした。

「おっとー。ナイスキャッチ！」

そこに、すかさずアルガスが拾い上げて用意していた袋にエルフの首を詰め込んだ。

「ぶあ、血なまぐせぇ……あとでガキに凍らせさせるか？」

「あ？　あのガキはもう無理じゃね？」

あのガキと、エリックとアルガスは言う。

「はは、その時はまた身体に教えてやればいい」

「へ。好きだねぇ！　まぁ、腐るとまずいからな。やらせてみよう。特にこれから騒ぎがデカくなる。落ち着くまでに数日か……？　その前にまずは、あのクソ野郎を……」

「だな」

「同感ね～！」

メイベルも優雅に路地から進み出ると、エルフの死体を足で蹴ってエリックたちとハイタッチ。

「よし、犯人の首はゲットした。あとは――」

「あー証拠品か……。この辺の魔道具を全部持っていった方が良さそうだな、アルガス頼むぞ」

メイベルとエリックは無造作に転がる魔道具の類を拾い集めると、一緒くたにしてアルガスに押し付ける。

「ひでぇ……。俺はルビンじゃねーぞ!!………ちッ、荷物持ちくらい雇わないとなー」

「ま、全部終わってからだ。この金と手柄で返り咲きだぜ」

エルフの首の入った袋を見て上機嫌のエリック。

「ふふふ。こーいうのってマッチポンプって言うのよ。……いいアイデアだと思うけどね」

「だろ？　あのクソ野郎《ルビン》をエルフの標的にできるし、オマケに金と、街を襲ったエルフの密偵――賞金首候補の首級まで手に入ったんだ。一石二鳥どころか、三鳥も四鳥もあるぜ。――こりゃ、笑いが止まんねーなぁ！」

ゲハハハハハハハハハハハハハ！

「ひひひひ。これで街を救った英雄か」

「おうよ。街を襲ったエルフの尖兵だぜぇ。いったいいくらになるのかね。くけけけけ」

「うふふふふ。じゃあ、あとは――」

ニヤリと笑い合う『鉄の拳《アイアンフィスト》』の３人。

そう、あとは――。

「「「ルビンとエルフをぶつけるだけ」」」

あはははははははははははははは！

ぎゃはははははははははははは！

醜悪な、醜悪で、醜悪に笑う『鉄の拳』たち。

しかし、彼らはまだ何も知らない…………。

エルフ自治領から押し寄せてきた大量の飛竜が到達するまであと数分であることを……。

番外編「エリカ・エーベルト」

「ん〜っふっふー♪　んーふーふっふっふ〜♪」

エ〜リカ♪

「ん〜っふっふー♪　ふ〜っふっふん♪」

3人で借りている宿の一室に陽気な鼻歌が流れている。

音源はもちろん黒衣の女——エリカ・エーベルトだ。

彼女はルビンとレイナが向かい合ってあやとりをしているのを尻目に、GANERから取り出した銃器をひたすら分解し、磨き続けていた。

「ん〜っふふっふっふっふーふーふ♪」

黒光りする重機関銃の銃身を取り外し、クリーニングロッドで煤《すす》を落とす。

そして、渋い香りのするガンオイルを薄く塗り、コーティングするように布《ウエス》で拭う。

そして最後に「ふッ」と息を吹きかけ埃を飛ばすと満足げに組み立てる。

それを一丁二挺と——……。

見る見るうちにエリカの周囲は鈍く輝く銃器で溢れ返る。

しかし、もはや見慣れたと言わんばかりにルビンもレイナもあやとりに夢中だ。

「で——レイナそっちもって」

「これ？」

「そうそう——で、こっちを引っ張ると——」

みょ～ん。

「ほぃ！　地獄の尖塔《ヘルズタワー》の完成ッッ!!」

「ほぁぁあああああ！　すごい凄い♪」

パチパチと手をたたくレイナにほっこりするルビン。

若干ドヤ顔をしていると、レイナが次も次もとせがんでくる。

どうやら、あやとりみたいな遊びは初めてらしい。

彼女の生い立ちからして、のんびり遊んでいられるような境遇ではなかったのだろう。

こんなありふれた遊びでも新鮮らしく、目を輝かせている。

「んふふ～♪　主ってば、女の子に優しいのねー」

いつの間にかニヨニヨと笑うエリカが手を止めてルビンの顔を覗き込んでいる。

「んだよ、茶化すなよ。エリカこそ、ご機嫌だな？……さっきのは何の歌だ？」

「ん～♪　あーさっきの？　えっと、なんだったかしら、たしか、エーベルト工廠《こうしょう》で流れてたCMソングか何かよ」

黒衣の女ことエリカ・エーベルトは作業中の手を止めずにルビンの質問に答えた。

夜はすることもないので、皆して思い思いに過ごしているのだが、すこぶる機嫌がよさげなエリカは風呂から上がるなりずっとカチャカチャと機械をいじりながら鼻歌を歌っているのだ。

むしろ聞いてくれと言わんばかり。

「は？　し、しーえむ？」

聞き慣れない単語に、ルビンもレイナも手を止めてエリカの顔をまじまじと見た。

と、

「あ、お兄さんー。毛糸ほぐれちゃったよー」

「お、悪い」

ルビンとあやとりをしていたレイナが手を滑らせたらしく、ブーと可愛らしく唇を尖らせる。

だがレイナもエリカのご機嫌な歌に興味があるのか、毛糸をほぐしながらエリカを振り返る。

「ねね。エリカ姉のその歌って、なんなの？」

「あら？　知らない？……まぁ、千年も経てばねー」

そう言いながら懐かしそうに目を細めるエリカ。

彼女からすれば、体感的にはほんの数日か数年か……。

それでも懐かしいという感覚はあるらしい。

「CM……。しーえむ――――え～っと、どう言ったらいいのかしら。ん～…………あ！」

ふと思いついたらしいエリカが、

「ほら、アレよ。あれ！」

「「あれ？」」

エリカが耳を澄ませる素振り。

すると、
す～みや～～～～～き、芋！　お芋♪

「ね。これこれ♪」

これって……。

「「お芋屋さん？？」」

「そーそー。お芋さんを売る屋台があるでしょ？」

「ん？　あぁ、寒い時期とかよくあるよな？」

「あれ、おいしいよねー♪」

二人してジュルリと唾を飲み込む。

かくいうエリカも炭焼き芋を思い出し、タラリとよだれが……。

「そそ。あれってば、芋を皆に買ってもらうために、す～みや～～～～～き、芋！　お芋♪――――って、歌うじゃな～い？」

やけに炭焼き芋の歌が上手いエリカ。

よほど芋が食いたいのか、目の中に芋が映っている。

「あ、ああ……。あるけど――……食いたいのか？」

夕飯にあれだけ食っておきながらまだ食べ足りないと言うエリカ。

この女……ほんとによく食うのだ。

「うん！　食べたい、主《あるじ》ぃ～……って、そうじゃなくて」

ってぇぇ！！

「食べたくないわけじゃないけどぉ！　えっと、お芋を売る歌がCMソングって話――……」

「「ん～？？」」

さっぱりわかっていないルビンとレイナ。

「ようは食いたいんだろ？」

「僕もお腹減ってきたー」

む!!

「ま、まるでアタシ食いしん坊みたいにぃ！　せっかく説明してるのにぃ!!」

プゥと、大人げなく頰を膨らませるエリカ。

明らかにルビンたちより年上のお姉さんなのだが……エリカが時々見せる、無邪気な子供っぽさよ――……美人で可愛いとか反則やん。

「はいはい。食べたいならそう言えよ……まだ、余裕はあるしな」

ルビンは、財布を確かめると、目測で硬貨の数を数え始めた。

裕福というわけでもないが、キウィを失って……パーティを抜けて以来、あまり物欲や金銭欲がなくなってきたようにも思う。

……あるいは、それはドラゴンの血肉を取り込んだ影響なのかもしれないが――。

「え？　いいのー!?」

「わ！　僕もたべゆー！」

二人してキャッキャウフフ♪　途端にルビンの周りに集まるとやんややんやと持ち上げる。

「主すきー！　愛してるぅ！」

「お兄さん、最高～！」

美人と美少女に褒められて悪い気のしないルビンは、

「よ～し、そんじゃ、芋パーティといくかー！」

「「おー♪」」

と、まぁ！　よくわからないテンションで宿を飛び出すと、近くで屋台を引いていた炭焼き芋屋を見つけて飛び込んだとか飛び込まなかったとか。

千年眠った女と、時を操る二人の冒険者――。

世界を揺るがしかねない可能性を秘めた３人は、なんのこっちゃら、お芋を求めて夜のダンジョン都市を行く――――。

実に平和な夜のひと時……。

そう、この時までは本当に平和だと思っていたのだ――。

あとがき

拝啓、読者の皆様。LA軍《ラグン》です。

皆様、お久しぶりです。初めての方は初めまして。えー……まずは本書をお手に取っていただきありがとうございます！

本作2巻目、お楽しみいただけたでしょうか？　少しでもお楽しみいただけていれば作者として無上の喜びです。

さて、本作品について少し。

今回の作品より、新キャラが続々登場して物語の深さが増しております。そして、何よりタダのミスでタイマーになったのかと思いきや、その裏には世界を揺るがしかねない事情が隠されておりました。特に、時の神殿に封印されていた『エリカ』という謎の存在。彼女は千年を封印されていた美女ですが、ただの美人であるはずがなく、比類なき戦闘力と知識、そして無茶苦茶をするバランスブレイカーキャラとして登場します。作中では秘密については多くを語らなかった彼女ですが、言葉の端々から千年前の戦いについて言及する素振りを見せております。それがどうやらルビンとレイナの能力に関係しているらしいとだけ匂わせております。

さらに、そのカウンターキャラとして登場したのが極悪非道のエルフ軍団。彼らは悪役として登場しますが、どうやらエリカ同様タイマーについて並々ならぬ憎悪を抱いている様子を見せております。そして、激突した彼女と彼等ですが、その戦いの行く末は次巻に持ち越される予定です。……また、その裏で暗躍する元仲間の「鉄の拳《アイアンフィスト》」たち。彼らも仲間割れを起こしながらもルビンへの逆恨みを晴らそうと何やら画策しているようです。それらの行動が明るみに出るであろう次巻——乞うご期待ください！

それでは、物語はまだまだ始まったばかりです。ぜひとも、今後とも応援のほどよろしくお願いします。

最後に、本書編集してくださった校正の方、編集者さま、出版社さま、そして美麗なイラストで物語に素晴らしい華を与えてくださったぴず先生、本書を取り扱ってくださる書店の方々、そして本書を購入してくださった読者の皆様、誠にありがとうございます。御礼をもってご挨拶とさせてください。本当にありがとうございます！

敬具

追記

この作品。コミカライズします！

前巻でもお伝えした通り、Ｗｅｂ発信の形でお届けできると思います。

しばらくお時間をいただくと思いますが、コミックで見られるルビンたちの活躍をぜひともご覧いただきたく思います！

絶対に損はさせないので、小説ともどもお手に取っていただければ幸いです。

では、次巻でまたお会いしましょう！

読者の皆様に最大限の感謝をこめて　吉日

この本を読んでのご意見・ご感想・ファンレターをお待ちしております。
〈宛先〉　〒104-8357　東京都中央区京橋3-5-7
（株）主婦と生活社　PASH！編集部
「LA軍先生」係
※本書は「小説家になろう」（https://syosetu.com）に掲載されていたものを、改稿のうえ書籍化したものです。

PASH!ブックス

追放されたSランクパーティのサモナー。
転職してテイマーになるはずが女神の誤字のせいでタイマーにされ、
仲間からゴミ扱い。でも実は最強の「時使い」でした2

2021年10月11日　1刷発行

著　者　LA軍
編集人　春名 衛
発行人　倉次辰男
発行所　株式会社主婦と生活社
〒104-8357　東京都中央区京橋3-5-7
03-3563-5315（編集）
03-3563-5121（販売）
03-3563-5125（生産）
ホームページ　https://www.shufu.co.jp
製版所　株式会社二葉企画
印刷所　大日本印刷株式会社
製本所　小泉製本株式会社
イラスト　ぴず
デザイン　Pic/kel
編集　松居 雅

　ISBN978-4-391-15662-1